재림용사의
복수
용사 그만두고
전직 마왕과 한패가 됩니다
3
우사키 우사기
Usaki Usagi
illustration
시라코미소
Shirakomiso

"너를 죽일 때에 깨달았어. 믿었던 사람에게
배신당해 죽는 녀석의 얼굴을 보는 건
최고로 즐겁다는 걸."
샤레이
귀족 여성.
디오니스의 소꿉친구
디오니스 하베르크
귀족 최강 남자.
마왕군 간부 "수 마장군"

엘피스자크 길데가르드
전직 마왕
아마츠키 이오리
전직 용사

루시피나 에밀리오르
하프엘프. 마왕군 사천왕
“천천(天穿)”
“……흠.”
“후후후.”
그레이시아 레반틴
마족.
마왕군 사천왕 “소실”

카렌 레이포드
미궁을 봉인하는 역할을 맡은 귀족 여성
"영지를, 주민을, 그리고
소중한 손님들을 상처 입히는 것은
절대로 용서하지 않아요."

"고마워, 엘피."

"말했잖아?
나는 절대로 널
배신하지 않겠다고."

류자스 길버언
왕국 궁정마법사
"죽어야 하는 건 내가 아냐.
그 물러터진 쓰레기 녀석이지
——33년 전의 복수는
반드시……!!'

재림용사의 복수담

3

우사키 우사기 지음 | 시라코미소 일러스트 | 손종근 옮김

재림용사의 복수담 3

contents

프롤로그 『계속 흘러간 남자의 말로』

——바닥을 흐르는 붉은 면적이 넓어지며 몸에서 힘이 빠져나간다.

호흡할 때마다 울컥울컥 피가 흘렀다.

버티던 몸이 시간의 경과와 함께 점차 저항을 포기한다.

나는——일어서는 것을 포기하려 하고 있었다.

"——. "

아마도 그것은 몸을 꿰뚫고 있는 칼날 때문이 아닐 것이다.

입은 상처의 깊이도, 넘쳐흐른 피의 양도 틀림없이 관계없으리라.

"이제야 자신의 그릇을 이해한 모양이지?"

비웃음 섞인 목소리가 울린다.

일어설 수 없는 것은, 무어라 대답할 말이 없는 것은——내가, 내 마음이 패배를 받아들이고 포기하려 하고 있기 때문이다.

"——. "

함께 복수에 뜻을 두었던 전직 마왕은 사지가 칼날에 꿰뚫려서 벽에 매달려 있었다.

상처투성이인 그녀의 몸에, 지금 막 칼날이 틀어박혔다. 그녀는 비명을 지르지 않고 그저 작게 신음할 뿐이다.

“……엘, 피.”

내가 할 수 있는 것은 없다.

아무것도 없다. 그 무엇도, 할 수 없다.

알고 있었다. 처음부터 전부, 알고 있었던 것이다.

나는 그저 흘러갈 뿐, 아무것도 이룰 수는 없다고.

“아하하하하하하! 꼴좋구나!”

날카로운 목소리가 귓전을 때린다.

너는 아무것도 할 수 없다고, 귀신이 웃고 있었다.

“스스로 아무것도 결정하지 못하고 그저 계속 흘러왔을 뿐. 평범하고, 흔해빠졌고, 재능 따윈 요만큼도 없이.”

무어라 대답할 말은, 내게는 더 이상 없었다.

“이건 그런 네게 어울리는 말로야.”

푸른 머리카락을 쓸어 올리며, 진심으로 즐겁다는 듯이,

“——몸에 맞춘 것처럼 잘 어울리네, 아마츠.”

디오니스 하베르크는 그리 말했다.

제1화 『어둠에 겁먹은 것은』

——제국의 귀족(貴族) 올리비아 엘리에스티르가 발단이 된 소동은 본인의 죽음을 기해 종결되었다.

세뇌 마법으로 사람이나 몬스터를 세뇌, 올리비아가 조종한 몬스터에 따른 피해, 레이포드 가의 당주인 가슈 레이포드 살해.

올리비아의 악행은 머지않아 제국 전체에 알려지게 되겠지. 큰 소동이 벌어질 테지만, 그것은 우리가 알 바 아니었다. 제국의 높으신 분들께서 열심히 노력하실 일이지.

그 녀석이 죽으면서, 그 녀석에게 세뇌당했던 사람들은 원래대로 돌아왔을 터. 빼앗겼던 매직 아이템 『요석(要石)』도 정식으로 돌려받게 될 것이다.

나도 복수를 이룰 수 있었다. 몸에 들러붙은 납덩어리를 하나 내려놓은 듯한 기분이었다.

……하지만 잃어버린 것은 돌아오지 않는다. 올리비아를 죽여도 죽은 사람들은 돌아오지 않는다.

카렌의 부모는 죽은 그대로인 것이다.

◆ ◆ ◆

엘피에게 들은 이야기로는, 메어리와 다른 사람들의 세

뇌는 이미 풀렸다고 한다.

아마도 내가 반지를 파괴한 것과 동시에 세뇌가 해제된 거겠지.

최근 며칠의 기억이 애매한 사람도 있다고 그러지만, 딱히 후유증이 남은 것은 아닌 듯했다. 마안으로 상태를 본 엘피가 그리 말한다면 그들은 이제 괜찮을 것이다.

메어리를 포함하여 세뇌되었다고 여겨지는 고용인은 신중을 기하여 휴식을 취하는 모양이었다.

우선 세뇌에 대해서는 일단락되었다고 할 수 있겠지.

문제는 카렌이었다.

그런 큰일이 있었다. 크게 흐트러진대도 이상하지 않았다.

카렌에 대해서 물으니 엘피는 험악한 표정으로 대답했다.

"기절 시킨 뒤로 두 시간 정도 지나서 깨어났지만…… 딱히 이상한 분위기는 없어."

"이상한 분위기는 없다……?"

부모가 사망했는데도, 말인가?

"한숨도 못 자고 지금까지 고용인들을 돌보거나 뒤처리 준비를 하거나, 그러고 있어."

"……올리비아의 이야기를 카렌은 어디까지 들었지?"

"자세한 내용은 기억 못 하는 모양이지만…… 부모님이 그 여자한테 살해당했다는 사실은 알고 있는 것 같아."

"…………."

카렌은 딱히 정신력이 강한 편은 아니다. 그것은 황성에서 있었던 일을 보았기에 잘 아는 바였다.

다부지게 행동할 뿐인 평범한 여성이었다.

그런 사람이 그다지도 가혹한 현실과 맞닥뜨리고서 평소와 전혀 변함이 없다니, 그럴 수가 있을까.

"어쨌든 직접 만나보면 알겠지."

"……그래."

조용히 복도를 걸어가서, 우리는 카렌의 방 앞까지 왔다.

아직 깨어 있는지 방 안에서는 펜을 움직이는 소리가 들렸다.

"……카렌 씨. 돌아왔어요."

말을 건네자 소리가 그쳤다.

카렌의 대답이 들리고 곧바로 문이 열렸다.

"——이오리 님! 다친 곳은 없으신가요?!"

안색이 변한 카렌이 긴 금발을 흔들며 문 밖에 있는 우리 곁으로 달려왔다.

고개를 끄덕이자 카렌은 안도한 표정을 지으며 크게 한숨을 내쉬었다.

"다행이다……. 정말로…… 다행이에요."

"……예. 어찌어찌 빠져나올 수 있었어요."

카렌의 얼굴을 마지막으로 본 것은 이미 몇 시간도 더 전이었다.

카렌의 부모를 죽였을 때의 상황을, 올리비아는 희희낙락 이야기했다. 그 이야기가 카렌의 귀에 들어가지 않도록 하고자 엘피가 기절시켜 이 저택까지 데려온 것이었다.

"……그래서. 올리비아 씨는…… 어떻게 되었나요?"

"마법이 불완전했던 거겠죠. 싸우는 도중에, 그녀는 폭주한 몬스터에게 습격을 당해서……."

차분한 표정으로 그리 묻는 카렌에게, 사전에 준비해두었던 대답을 했다.

복수하고 죽였다……. 아무리 그래도 그렇게 이야기할 수는 없으니까.

"그런, 가요. 몬스터는, 어떻게 되었나요?"

"무력한 개체를 제외하고는 정리해뒀어요."

"……감사합니다. 저쪽 영지가 몬스터에게 습격을 당했다면 큰일이 벌어졌을 테니까요."

남아 있는 건 올리비아를 먹은 「이빨 벌레」 같은 약한 몬스터뿐이었다.

세뇌 마법의 레포트 등은 확보해두었으니 증거는 충분히 있겠지.

"그럼…… 이번 일은 폐하께 전해야만 하겠죠. 미궁의 상황도 보러가야만 할 테고……. 바로 시작해야겠어요."

올리비아의 레포트를 건네자 카렌은 그리 중얼거렸다.

"……지금부터, 말인가요?"

"아아…… 죄송해요. 여러분께 드릴 보수도 제대로 준비할게요.”

……아니. 그런 게 아냐.

“그 후로 한숨도 못 잤다고 들었어요. 카렌 씨도 조금은 쉬시는 게 어떨까요?”

그 말에 카렌은 고개를 가로저으며 대답했다.

“할 일이 잔뜩 있어요. 이럴 때에 쉬고 있을 여유는 없어요.”

“……하지만.”

“저는 괜찮아요. 그보다도 이오리 님은 몬스터와 싸우셨던 거죠? 이오리 님이야말로 휴식이 필요하실 거예요.”

자신은 괜찮다며 카렌은 결코 고개를 끄덕이지 않았다.

“제게 쉴 여유 같은 건 없어요. 지금은 이제…… 제가 레이포드 가의 당주니까요.”

그리 말하고 카렌은 방 안으로 돌아갔다.

“이 이상 무슨 말을 해봐야 소용없겠지. ……지금은 혼자 둘 수밖에 없어.”

“……그래, 그러네. 일단 방으로 돌아가자. 앞으로의 이야기도 하고 싶으니까.”

엘피와 함께 내 방으로 들어갔다.

침대에 앉아서 이번 일에 대해 일단 자세하게 보고를 해두었다.

“…………”

한창 보고를 하는 가운데, 조금 전 카렌의 표정이 머릿속에 떠올랐다.

부모의 죽음을 받아들이고, 흐트러지지 않고 그녀는 영주로서의 책무를 다하려 하고 있었다.

평정을 유지할 수 있을 리가 없는데.

"…………."

올리비아 때문에 많은 희생자가 나왔다. 그 사실을 안 사람들은 슬퍼하겠지.

틀림없이 많은 사람들이 눈물지을 터. 카렌도 그러고 싶을 텐데.

그렇게 생각한 순간,

——많은……을……하는 거야.

"——윽."

시야에 노이즈가 끼었다.

가득히 펼쳐진 모래폭풍 가운데 누군가가 서 있었다.

"……큭."

오른팔에 있는 용사의 증표가 열기를 발했다. 손등을 눌러 그 열기에 견뎠다.

"……이오리?"

몇 초가 지났을까.

옆에 앉아 있는 엘피가 의아해하는 목소리에 의식이 돌아왔다.

시야가 정상으로 돌아오고 증표의 열기도 가셨다.

"무슨 일이야?"

"……아무것도 아냐."

몸에 이상한 곳은 없었다. 마력도 문제없이 이끌어낼 수 있다.

착시, 인가……?

"……흠. 앞으로의 이야기는 내일로 해두고, 너는 이만 자. 저 아이의 말이 아니더라도, 이오리한테도 휴식은 필요하겠지."

"아, 그러네."

그렇게 피로가 느껴지지는 않았지만, 쉴 수 있을 때에 쉬어둬야겠지.

침대에 드러누워 천장을 올려다봤다. 그리고는 금세 눈꺼풀이 감겼다.

의식이 옅어지고, 나는 잠에 빠져들었다.

◆ ◆ ◆

문득 눈이 떠졌다.

커튼 사이로 밖을 살펴보니 아직 어두웠다. 잠든 뒤로 그렇게 시간이 지나지는 않은 모양이었다.

"쌔액…… 쌔액……."

문득 시선을 옆으로 돌리니 엘피가 바로 옆에서 잠든 숨소리를 내고 있었다.

이 녀석, 자기 방으로 돌아가지 않고 여기서 잠들었나보다.

방의 불빛은 꺼지지 않아 환하게 빛나고 있었다. 어차피 여기서 잘 거라면 좀 꺼달라고…….

"정말이지……."

몸을 일으켜 방의 불을 껐다.

이 세계는 전기가 아니라 마력을 소비하여 불빛을 밝힌다. 계속 밝혀뒀다가는 소비 마력도 무시할 수 없겠지.

"……하아."

몸은 아무렇지도 않지만 살짝 머릿속이 흐릿한 감각이 있었다. 육체보다는 정신적으로 지친 걸지도 모르겠네.

좀 더 자둘까.

엘피에게서 최대한 떨어진 위치로 가서, 거기에 몸을 뉘었다.

어두워진 방에서 다시 한 번 잠을 자려고 했을 때였다.

"————!!"

비명 같은 소리를 지르며 엘피가 기세 좋게 몸을 일으켰다.

거친 숨을 내쉬며 양팔로 자신의 몸을 끌어안았다.

한순간 무슨 잠버릇인가 싶었지만, 부들부들 떠는 모습은 심상치 않았다.

"싫어…… 싫어……."

"……엘피?"

"어두운 건, 이제 싫어……."

잠꼬대처럼 무언가를 중얼거리며, 엘피가 머리카락을

흐트러뜨렸다.

"……혼자, 두지 마."

"야, 괜찮아?"

말을 걸자 마치 쓰러지듯 엘피가 안겨들었다.

"이오리…… 이오리…… 이오리."

웅얼웅얼 내 이름을 속삭이며 엘피는 가늘게 떨고 있었다.

"이오리……."

"대체 어떻게 된 거야……."

지금 엘피의 모습은 이제까지의 거만한 모습과는 동떨어져 있었다.

그 모습에 위기감을 느껴, 엘피의 등 뒤로 손을 뻗어서는 안심시키듯 끌어안았다.

그대로 등을 계속 쓰다듬자 차츰 떨림이 그치고 엘피는 평온을 되찾았다.

"불을……."

"어, 어어."

시키는 대로 방의 불을 켰다.

밝아진 방 안, 침대 위에서 눈을 붉게 물들인 엘피가 이쪽을 노려봤다.

"……불을 끄지 말라고 전에 말했잖아."

"……미안해. 어두운 게, 무서워?"

그러고 보니 엘피는 여행 도중에도 매일 밤 모닥불을 꺼뜨리지 않으려고 했다. 마원의 지하실에서도 그런 기색을 보였던 기억이 있다.

"아니. 어둡고 조용한 곳이 싫을 뿐이야."

그건 어두운 게 무서운 것과 마찬가지 아닐까.

"전에 말했잖아……. 봉인 속은 캄캄하고 아무것도 들리지 않는 장소였다고."

"……아아."

나락 미궁을 나온 뒤에 그런 이야기를 했지.

"……그런 곳에서 30년이나 있었으니까. 그 후로, 조용하고 어두운 곳에서는 혼자 있을 수가 없어. 떨림이 그치질 않아."

눈을 내리깔고 자조하듯 엘피는 고개를 끄덕였다.

"제대로 설명하지 않았던 내 잘못이네. 이 방에서 멋대로 잠든 것도 나고."

"아니…… 내가 잘못했어. 알아차리지 못한 내가 바보였어."

……꽤 오랫동안 함께 여행했으면서도.

"후후, 그렇게 신경 쓰지 마. 신경 쓸 것 없어."

"…………."

"하지만, 앞으로는 불을 끄지 말아줬으면 해. 이래봬도 꽤 힘겹거든."

"알았어. 약속할게."

그리 대답하자 엘피는 만족스레 끄덕이고는 침대에 털

썩 누웠다.

"……아직, 좀 졸려. 여기서 같이 자도 될까?"

"그래."

"음…… 잠깐이라도 되니까, 이오리의 이야기가 듣고 싶어. 잘 때까지만이라도 괜찮으니까 뭐든 이야기를 해주지 않을래……?"

"……알았어."

그리고 잠시, 나는 자신의 이야기를 했다.

지구에 있었을 무렵, 학교에 다녔을 때의 이야기. 이쪽 세계에서 아마츠로서 싸웠을 때의 이야기.

잠시 후, 엘피의 잠든 숨소리가 들렸다.

"…………."

엘피의 그런 숨소리에 잠기운이 이끌려, 나도 또다시 몸을 뉘었다.

불을 켜둔 채였지만, 그게 신경 쓰지 않을 정도로 졸렸다.

"……그러고 보니."

잠에 빠져들기 직전——.

어느샌가 엘피가 곁에 있어도 경계하지 않고 잘 수 있게 되었구나.

문득 그런 사실을 깨달았다.

제2화 『위급한 사건』

눈을 감아도 느껴지는 눈부심에, 잠에서 깨어났다.

반쯤 눈을 뜨니 커튼 틈새로 아침햇살이 비쳐들고 있었다. 새가 지저귀는 소리가 밖에서 들렸다.

"……아침인가."

눈을 뜨고 곧바로 몸을 일으켜 심호흡을 해서 의식을 각성시켰다.

아침에 잘 일어나지 못하는 편이었지만, 용사로서 여행을 하는 사이에 일어나자마자 의식을 안정시키는 기술을 익혔다.

잘 때에 습격을 당한 적이 몇 번이나 있었으니까.

잠기운은 없고 피로도 완전히 풀려 있었다.

아무래도 오랜만에 꿈도 안 꾸는 깊은 잠을 취할 수 있었나보다.

배신을 당한 뒤로는 작은 소리 하나에 깨어버릴 정도의 얕은 수면이 많았으니까 말이지.

"오랜만, 인가……."

이불을 들추어내고 옆 침대에서 잠들어 있는 엘피에게 시선을 향했다.

나락 미궁에서 나온 뒤로 몇 번이나 이 녀석 옆에서 잤는데, 그때는 경계 때문에 수면부족이 계속되었다.

그랬는데 어느샌가 이 녀석이 옆에 있어도 평범하게 잠

들 수 있게 되었다.
아니, 오히려——.
"으음…… 이오리."
잠꼬대를 흘리며 엘피가 빙글 몸을 뒤집었다.
침을 흘린 얼빠진 얼굴을 내 쪽으로 향했다.
"셰프를…… 불러……. ……아니…… 나쁘지는 않아. 오히려 좋아. 좀 더 먹고 싶어……."
대체 무슨 잠꼬대냐.
뭐…… 이런 무방비한 녀석을 상대로 계속 경계를 한다는 게 어렵겠지.
"…………."
흐트러진 엘피의 이불을 고쳐주고 방의 등불을 껐다.
아침햇살 덕분에 밖은 완전히 밝아졌다. 이러면 어둠에 겁먹지는 않겠지.
방을 나와서 저택 안을 걸었다.
세뇌에 걸리지 않았던 고용인 몇 명이 청소를 하고 있었다.
내가 오는 것을 깨닫고 아침식사는 어떻게 할 건지 물었다.
"일행이 일어나면 같이 먹을게요."
"엘피 님 말씀이시군요. 예, 알겠습니다."
"그렇지. 그 후로 카렌 씨는 어떤 상황인가요?"
"……주무시지 않고 방에서 계속 작업하고 계세요. 낮이

되면 결계 상태를 확인하러 가시겠다고 하셨어요."

"그런가요……."

확실히 카렌에게는 아직 해야만 하는 일이 남아 있었다. 시급한 일도 많겠지.

하지만 그런 정신 상태로 잠도 안 자고 계속 움직여서는 몸에 해가 간다. 한 번 제대로 휴식을 취하는 게 좋다.

고용인과 헤어져서, 직접 카렌의 상태를 확인하기 위해 그녀의 방으로 향했다.

"안녕하세요, 이오리 님."

가는 도중에 메어리와 맞닥뜨렸다.

신중을 기해서 휴식을 취하는 중이라고 들었는데, 메어리는 종자 복장을 하고 있었다.

"몸은 이제 괜찮나요?"

"예. 애당초 기억이 조금 애매한 것뿐이었으니까요. 별일 없습니다. 게다가 이런 중요한 시기에 쉬고 있을 여유 따윈 없으니까요."

하룻밤 자고 메어리는 평소 그대로 일하는 모양이었다. 다른 고용인들은 메어리와 달리 앞으로 며칠은 쉰다나.

"이야기는, 들었습니다. 이오리 님…… 폐를 끼쳐 정말 죄송합니다. 세뇌되었다고는 해도, 저는 참으로 큰일을……."

"전부 그 여자가 꾸민 일이에요. 메어리 씨가 사죄할 필요는 없어요."

머리를 숙이려는 메어리를 말렸다.

이미 원흉인 올리비아는 지옥에 떨어졌다. 이 건은 그것으로 종료다.

카렌도 그것을 이해하고 있기에 메어리의 행동은 불문에 붙였다.

"올리비아는…… 『사고』로 사망했다고 들었습니다. 감사합니다. 이걸로…… 가슈 님 내외도……."

"……메어리 씨."

가슈를 지키지 못했던 자신을 책망하는 건지, 올리비아에게 분개하고 있는 건지.

메어리는 주먹을 움켜쥐며 감사의 말을 입에 담았다.

"……이오리 님은 카렌 님께 가시는 겁니까?"

"예. 계속 깨어 있다고 들어서, 한 번 이야기를 해두고 싶어서요."

"그렇습니까……. 조금 전에 저도 말씀을 드려봤지만, 지금은 바쁘니까 그냥 놔두었으면 한다고 말씀하셨습니다. 다른 분께도 그리 전해달라, 고도."

"……그런가요."

"죄송합니다. 보수에 대해서는 조금만 더 기다려주시길."

지금은 누구와도 이야기하고 싶지 않다, 그런 거겠지.

카렌은 지금 자신의 일만으로도 힘겨운 것이었다. 어쩔 수 없겠지.

그녀에게 부탁한 보수는 미궁으로 들여보내줄 것과 정보 제공이었다.

지금 당장 필요, 한 것은 아니었다.

낮이 되면 결계 상태를 확인하러 간다고 그랬으니까 그때 다시 말을 걸어보자.

◆ ◆ ◆

그 후에 한 번 방으로 돌아와서, 아직 자고 있는 엘피를 깨웠다.

졸린 눈인 엘피와 함께 아침을 먹고 서고에서 정보를 수집했다.

조사하는 것은 앞으로 우리가 도전할 사소(死沼) 미궁에 대한 정보였다.

“그러고 보니 이오리는 사소 미궁을 한 번 돌파했구나.”

옆에 앉아 있던 엘피가 문득 중얼거렸다.

“음. 파티를 짜고 제국으로부터 백업을 받아서 말이지.”

사소 미궁은 이름의 늪 소(沼)자를 보면 알 수 있듯이 미궁 속에 늪이 있다.

그것도 그냥 평범한 늪이 아니다. 닿으면 몸이 녹고, 늪이 뿜어내는 독기를 뒤집어쓰는 것만으로도 죽음에 이를 정도의 흉악한 독 늪이다.

독 늪이 있는, 동굴처럼 일자로 뚫린 구멍이 사소 미궁인 것이다.

일찍이 우리는 독을 막는 매직 아이템을 사용해서 안을

나아갔다.

늪의 독기에는 마력을 깎아내는 효과가 있어서, 수(水) 마장군과 싸웠을 때에 마력이 부족해서 고전했던 기억이 있다.

"흠……. 얼추 내가 아는 사소 미궁이랑 다르지 않네. 하지만 최근의 서적을 보기에는, 미궁의 구조는 크게 바뀐 모양이야."

"……음."

엘피의 말대로 이제까지의 정보에 따르면 미궁의 구조가 이전과 달라졌다.

나오는 몬스터의 숫자가 늘어나고 도처에 함정이 설치된 것이었다.

그리고 미궁 내부도 동굴에서 성 같은 건축물로 바뀌었다나.

"오르테기어가 이번 수 마장군에게 시켜서 개조한 거겠지."

"개조……인가. 저기, 엘피. 미궁이란 건 그렇게 간단히 뒤바꿀 수 있는 건가?"

"간단하지는 않지만, 못 할 건 아니야."

엘피의 이야기로는, 미궁이란 『마왕문(魔王紋)』을 지닌 마족――즉 마왕의 손으로 만들어낸 일종의 몬스터라고 한다.

창시자인 마왕이라면, 대량의 마력을 소비해서 미궁의

구조를 주무를 수 있다나.

또한 미궁 내의 몬스터는 마왕에게 인정받은 자에게는 복종한다고.

그걸 이용하면 마왕이 없어도 미궁에 함정을 설치하거나 구조를 바꿀 수 있다는 모양이다.

그다지 의문스럽게 생각하지는 않았지만, 토 마장군이나 염 마장군이 다른 몬스터에게 공격받지 않은 것은 그런 이유가 있었기 때문일까.

“개조한 게 수 마장군이라면 지능이 높은 성가신 녀석이겠지.”

“……바르길드처럼 지능이 발달한 몬스터, 혹은 마족인가.”

가슈가 남긴 미궁에 대한 수기에 이런 내용이 적혀 있었다.

이따금 미궁 입구에서 상처투성이 몬스터가 나온다고. 마치 무언가로부터 도망치고자 결계를 부수려고 날뛰는 경우가 있다나.

미궁 내의 몬스터들끼리 싸우고 있다든지, 아니면 수 마장군에게 괴롭힘을 당했다든지.

전자라면 그만큼 미궁 내의 몬스터가 흉포하다는 의미였다. 후자라면 수 마장군은 상당히 기질이 거친 녀석인 거겠지.

……아니면 몬스터를 괴롭히는 걸 즐긴다든지.

어쨌든 이번 미궁도 만만치 않겠구나.

험악한 표정을 짓는 내 어깨를 엘피가 툭 두드렸다.

"안심해. 내가 수 마장군을 시원하게 쓰러뜨려줄게. 이오리는 평소처럼 시간을 벌어주면 돼."

야무진 표정으로 엘피는 그런 소리를 했다.

"……그래. 어느 정도 마력이 돌아왔으니까 그럭저럭 시간을 벌 수 있을 거야."

마석 없이도 몇 가지 마법을 쓸 수 있다.

비취의 태도와 홍련의 갑옷 덕분에 신체 능력과 방어력도 부족함이 없었다.

거기에 수량이 얼마 남지는 않았지만 마석의 힘을 더하면 마장군이 상대더라도 싸울 수 있을 터.

"최악의 경우, 이오리는 내 뒤에 숨어 있어. 팔이 돌아온 덕분에 접근전도 가능하게 되었으니까. 마안이 때를 못 맞추더라도 마완(魔腕)을 사용하면 싸울 수 있어."

"그 기술인가……. 확실히 위력은 높았지만 소비 마력이 크잖아?"

"위력을 억누르면 몇 번 정도는 쓸 수 있어."

든든하기 그지없었다.

이런 상태로 사소 미궁에 대해 예습하며 전투 방법을 논의했다.

독에 대해서는, 온천 도시에 있을 때에 두 사람 몫의 장비를 마련해두었다. 제국 수도에서도 해독 포션을 구입했으니 장비는 문제없겠지.

그러는 사이에 태양이 중천에 가까워졌다.

슬슬 점심시간이었다. 카렌이 결계 상태를 보러갈 무렵이겠지.

책을 정리하고, 먼지를 털어내고 방에서 나가려고 했을 때였다.

"……?"

땡땡땡땡, 밖에서 종을 울리는 소리가 들렸다.

"뭐지? 소란스러운데."

종소리가 울리고 난 뒤, 저택 안이 살짝 소란스러워졌다. 허둥지둥 바삐 돌아다니는 소리가 들렸다.

또한 창밖에서도 사람들이 외치는 소리가 났다.

누군가가 무언가를 외치면서 돌아다니는 모양이었다. 종소리 때문에 저택 안에서는 무슨 말을 하는지 들을 수가 없었다.

"……심상찮은 일인 것 같은데."

"밖에 무슨 일이 있나."

"확인하러 가자."

방을 나가 곧바로 카렌의 모습을 발견했다.

고용인이 아니라 주민으로 보이는 남자와 대화를 나누는 모습이 보였다. 남자는 안색이 새파란 것이 상당히 당황한 모습이었다.

"무슨 일인가요?"

달려가서 말을 걸었다.

"무슨 일이 있나요?"
새파란 얼굴의 카렌이 대답했다.

"——미궁의 결계를 『수 마장군』이 파괴했어요."

제3화 『나타난 표적』

"수 마장군이, 결계를 부쉈다……?"

"……예. 결계를 부순, 수 마장군으로 여겨지는 인물이 복수의 몬스터를 거느리고서 마을로 향하고 있다는 모양이에요."

수 마장군과 몬스터의 습격을 가장 빨리 알아차린 주민이 피난을 호소하는 듯했다. 종소리는 위험을 알리는 거겠지.

주민들은 올리비아와 카렌, 양쪽의 저택으로 심부름꾼을 보낸 모양이었다.

그러나 영주인 올리비아는 없다. 실질적으로 움직일 수 있는 것은 카렌뿐이었다.

"카, 카렌 님…… 저희는 어떻게 하면……."

"주민 분들은 서둘러서 피난해주세요. 수 마장군과 몬스터는 제가 어떻게든 할게요."

"미처 도망치지 못한 주민이 있습니다……. 카렌 님, 부디……!"

"맡겨주세요."

힘주어 고개를 끄덕이더니 카렌은 주민을 피난시켰다. 그 후, 고용인들에게 척척 지시를 내리기 시작했다.

영지 내의 병사를 집결시켜서 사소 미궁 쪽으로 향하려는 모양이었다.

"카렌 씨, 저희도 동행할게요."

"아뇨……. 이 이상 두 분께 폐를 끼칠 수는 없어요. 미궁에서 밖으로 나온 몬스터는 제가 책임을 지고 토벌할게요. 그러니 두 분은 주민 분들과 함께 피난해주세요."

동행 제안을 했더니 카렌이 매정하게 거절해버렸다.

만에 하나의 사태가 생겼을 때에 피난처의 주민을 지켜줬으면 한다는 말을 남기고, 카렌은 달려가버렸다.

"…………."

카렌의 안색은 나빴다. 몸도 정신 상태도 최악이겠지.

그런 상태에서 제대로 된 지휘를 할 수 있으리라 여겨지지 않았다.

"미궁을 지키고 있을 터인 수 마장군이 직접 밖으로 나오다니."

"무언가 밖에 용건이 있었던 거겠지. ……예를 들자면, 쓰러뜨려야만 하는 적이 있다, 든지."

"……우리가 원인이라는 건가?"

"몰라. 하지만 충분히 있을 법한 이야기잖아."

물로 만든 그 안구는 수 마장군의 마법이었을 가능성이 높겠네. 우리의 존재를 알고는 공격을 시도했다, 그런 가능성이 농후했다.

엘리에스티르령에도 병사는 있을 테지만 주인이 없는 상황에선 신속한 행동은 무리겠지.

영지 밖으로 도움을 청해도 도착하려면 시간이 걸리고

만다.

레이포드의 병사가 얼마나 훈련되어 있는지는 모른다. 하지만 아무리 강인한 병사가 모여 있을지라도 수 마장군에게 이길 정도는 아닐 것이다.

이대로 카렌이 수 마장군과 싸운다면 틀림없이 패배한다.

"나는 언제든지 나갈 수 있어."

"그래, 당장 수 마장군한테 간다. 수 마장군을 처리할 절호의 기회야."

스스로 미궁 밖으로 나와주었으니 말이다. 여기서 처리하면 미궁 공략이 훨씬 편해지겠지.

준비를 갖추고 저택 밖으로 나왔다.

수 마장군을 상대하려면 엘피도 진심으로 싸울 필요가 있다. 카렌 쪽에서 보기 전에 수 마장군을 정리해두고 싶은데.

저택을 뒤로하고 우리는 미궁이 있는 방향으로 향했다.

◆ ◆ ◆

영지는 혼란에 빠져 있었다.

조금 전까지 울리던 종소리는 이제 그쳤고, 그 대신에 사람들의 비명이 여기저기서 들렸다.

"미궁 옆에 거처를 두고 있다니 대담한 사람이 많다고

생각했는데, 이걸 보기에는 그렇지도 않은 모양이네."
"카렌의 결계 덕분에 몬스터가 밖으로 나오는 일이 없었던 거겠지."
혼란 한가운데를 빠져나가 질주했다.
『액셀』을 사용해서 상당한 속도를 내고 있는데도 엘피는 안색 하나 바꾸지 않고 따라붙었다. 아직 『다리』는 되찾지도 않았으면서, 여전히 인간과 동떨어진 스펙이었다.
"……저긴가."
한동안 계속 달려가니 날뛰는 몬스터의 모습이 보였다.
미처 도망치지 못한 사람들의 비명과 몬스터의 포효가 울려 퍼지고, 하늘에는 민가에서 뿜어 나온 검은 연기가 길게 뻗어 있었다.
수 마장군의 모습은 확인할 수 없었다.
"!"
탁한 녹색 액체가 민가 한 곳으로 들어가려 하고 있었다.
그 직전, 기세 좋게 문이 열리고 검을 든 남성이 뛰쳐나왔다.
"아, 아빠!"
"너는 집 안에 있어!"
따라오려는 소녀는 남성이 집 안으로 밀어 넣었다.
그에게 녹색 액체가 덤벼들었다.
저건 슬라임——늪지에 서식하는「스웜프 슬라임」이다.
"우오오오오!!"

검을 휘둘러 남성이 슬라임을 공격했다.

슬라임의 몸은 공격을 받고 일부가 주르륵 으스러졌다. 하지만 그것도 한순간, 다음 순간에는 날아간 부위가 슬라임의 몸으로 돌아왔다.

"제, 젠장!"

슬라임이 남성을 잡아먹으려고 뛰어올랐다.

"——『마안 회신폭(灰燼爆)』."

그 직전에, 엘피의 마안이 슬라임을 터뜨렸다.

체내 어딘가에 떠 있는 핵까지 모조리 날아갔기에 슬라임이 재생되지도 않았다.

"다……당신들은."

"모험가예요. 괜찮으세요?"

"어, 어어……."

엉덩방아를 찧은 남성을 일으켜 세우고 마을의 현 상황을 물었다.

몬스터가 습격한 것은 불과 십여 분 정도 전이라나. 준비에 시간이 걸렸던 사람들은 미처 도망치지 못해서 이미 몇 명이 희생되었다며, 남성은 떨리는 목소리로 이야기했다.

"흠. 남자, 수 마장군은 봤나?"

"아, 아니. 여기 있는 건 몬스터뿐이고, 마장군 같은 건 못 봤어."

몬스터의 모습은 있는데 수 마장군의 모습은 없다.

결계를 파괴하고 만족해서 미궁으로 돌아갔나?
아니면 어딘가에서 상황을 살피고 있나?
"윽."
"우왁?!"
시야 한편에서 움직임이 있었다.
남성을 끌어당기며 그 자리에서 훌쩍 물러났다. 조금 전까지 서 있던 장소에 액체가 직격했다.
쉬익, 소리를 내며 땅에 나 있던 잡초가 녹아내렸다.
스웜프 슬라임이었다.
그밖에도 미궁에서 기어 나온 몬스터들이 이쪽으로 모여들고 있었다.
"어쨌든 당장 여기서 피하세요."
"그래. 하, 하지만 아직 집에 딸이 있어."
민가를 가리키며 남성이 소리쳤다.
집 문 사이로 소녀가 얼굴을 내밀고 있는 게 보였다.
"……알겠어요. 저희가 몬스터를 유인할게요. 그 사이에 따님을 데리고 도망치세요."
"미, 미안해……!"
남성이 등 뒤에 있는 민가를 향해 달려갔다.
그를 덮치려는 스웜프 슬라임의 핵을 나이프로 꿰뚫었다.
그 공격이 신호가 되어, 주위의 몬스터가 일제히 덤벼들었다.

"위장을 안 풀어도 괜찮겠어?"

"물론이야."

엘피의 두 눈이 붉게 빛났다.

이어서 소규모 폭발이 연속해서 발생했다. 몬스터가 터지고 살점이 흩날렸다.

그 틈을 메우듯 덮쳐든 몬스터는 내 먹잇감이었다.

뛰어든 슬라임을 피하고 내부에 있는 핵의 위치를 확인했다. 또다시 뛰어들려고 몸을 웅크린 순간, 비취의 태도로 내부의 핵을 찔러서 파괴했다.

우리의 공방으로 순식간에 몬스터의 잔해가 흩뿌려졌다. 시체가 쌓여 작은 산이 만들어졌다.

흙거미나 파이어 드래곤 클래스의 몬스터는 없어서, 덤벼드는 것은 잔챙이뿐이었다.

이 정도라면 나랑 엘피 둘이서 어떻게든 처리할 수 있다.

"아빠!"

"이제 괜찮으니까!"

남성이 민가에 도착해서 자신의 딸을 안아들었다.

금방이라도 깨질 물건처럼 팔로 감싸더니 우리 쪽으로 향했다.

"이제 안 무서워……?"

"그래! 저 오빠랑 언니가 도와줬어! 게다가 무슨 일이 있어도 너는 아빠가 지켜줄게!"

엘피의 마안이 몬스터가 부녀에게 접근하는 것을 막았다.

두 사람이 민가 쪽에서 바로 눈앞까지 다가왔다.

포위망을 깨고 일단 이 두 사람을 도망치게 해야 할까.

눈앞의 몬스터를 베고 엘피에게 말을 걸고자 시선을 향했다. 그 한순간――.

"――그렇다면 어디 지켜봐."

하늘에서 목소리가 울리는 것과 동시에, 남성의 몸에 마력 덩어리가 직격했다.

철푸덕, 습기를 머금은 무언가가 터지는 소리가 울렸다.

"――――."

비명을 지르지도 못하고, 몸 왼쪽을 크게 잃어버린 남성이 땅에 쓰러졌다.

품에 안고 있던 소녀가 내던져져 땅바닥을 굴렀다.

"아빠……?"

소녀가 기어서 남성에게 다가갔다. 하지만 남성은 아무 말도 하지 않았다.

첫 일격으로 이미 절명했다.

"굉장한데. 그 일격에서 자식을 지켜내다니 꽤 하잖아!"

거슬리는 목소리가 어딘가에서 울렸다.

"아……아아아아!"

남성의 시체에 매달려서 소녀가 울부짖었다. 머리카락을 흐트러뜨리고는 아버지를 몇 번이고 부르며.

"울지 마. 괜찮아. 곧바로 아버지랑 같은 곳으로 보내줄 테니까."

비웃음과 희색이 담긴 목소리 직후, 소녀를 향해 하늘에서 무수한 물의 탄환이 쏟아졌다.

"——윽!"

소녀 앞으로 끼어들어, 쏟아지는 탄환을 칼로 베었다.

목표에서 빗나간 탄환이 바로 옆에 착탄, 땅을 크게 파냈다.

사람이 맞았다면 잠시도 버티지 못할 흉악한 일격이었다.

하늘을 올려다봐도 공격한 자의 모습은 없었다. 하지만 공중에서 은폐 마법의 기척이 여실하게 느껴졌다.

"……모습을 드러내라."

마력이 느껴지는 곳으로 칼날을 향하며 그리 말했다.

"어, 미안하네. 오랜만에 재회하는데, 이래서야 내가 누군지 모르겠지."

은폐 마법이 해제되었다.

후두둑, 마력이 벗겨지더니 풍경과 동화되어 있던 남자가 모습을 드러냈다.

"————."

모습은 드러낸 것은 한 청년이었다.

적당한 길이로 정리된 푸른 머리카락에 상냥한 인상을 주는 생김새. 쓸데없는 지방이 전혀 없어서 늘씬하다고 할 수 있을 정도로 마른 체형이었다.

하지만.

"……이 자식."

그가 몸에 두른 것은 마왕군 소속임을 가리키는 칠흑의 군복.

그리고 청년이 젠 척하듯 머리를 쓸어 올렸을 때에 보인 이마에 난 뿔 하나.

이 남자가, 이 녀석이 누구인지 내가 모를 리 없었다.

내가, 이 녀석의 얼굴을 잊을 리 없었다.

"디오니스!"

일찍이 나를 배신한 자.

디오니스 하베르크가 공중에서 싱긋 미소 짓고 있었다.

제4화 『악랄한 수 마장군』

디오니스 하베르크.

귀족(鬼族) 가운데 가장 높은 실력을 지닌, 수 속성 마법에 뛰어난 수귀(水鬼). 귀족을 대표하여 용사 파티에 들어왔던 예전 동료.

그렇다. 나를 배신했던 과거의 동료.

내가 가장 복수하고 싶은 상대 중 하나였다.

——이 이상 동족이 상처 입는 모습은 보고 싶지 않다. 그러니까 아마츠, 나도 너와 함께 싸우겠다.

처음 만났을 때, 디오니스는 내게 동족을 지키기 위해서 싸운다고 말했다.

그저 흘러갈 뿐이었던 나는, 그런 확고한 의지를 지닌 디오니스를 동경했다.

세계를 평화롭게 만들고 싶다는 이상에도 디오니스는 찬동해주었다. 그런 멋진 세계를 만들기 위해서라면 나는 뭐든지 하겠다고. 그리 말해주었다.

같은 목표를 위하여 함께 싸우는 소중한 동료. 나는 그렇게 생각했다.

하지만, 그런 신뢰는 맥없이 박살났다.

마왕성에서의 싸움. 나를 기다리던 것은 동료의 배신.

디오니스는 기습을 가해 내 가슴을 꿰뚫었다.

그리고 싱글싱글 웃으며 이렇게 말했던 것이다.

——마왕을 약하게 만들고 우리를 여기까지 데려온 시점에서 네 역할은 끝났다는 거야.

——용사의 힘이 없어도 이제 류자스에게 마력을 양도하면 마왕은 죽일 수 있으니까.

——이걸로 네 역할은 끝이라는 거지, 알겠어?

그때의 상황은 지금도 꿈에서 본다.

그때까지 등을 맞대고 싸웠던 동료가 악의를 훤히 드러내며 나를 비웃었으니까.

같은 목표를 가지고 싸웠잖아, 그런 내 말에 디오니스는 말했다.

——꿈은 자면서 꾸는 거라고?

이것이 디오니스의 본심.

그때까지 동의하며 네 힘이 되어주고 싶다며 수도 없이 말했던 것은, 모두 속이고 이용하기 위해서였던 것이다.

이상을 부정당한 것은 괜찮다.

지금의 나는 그 무렵의 자신이 얼마나 유치했는지를 알 수 있으니까. 하지만 그 부분을 노려서 이용하고, 더는 쓸모가 없다고 비웃으며 내버린 것은 용서하지 않겠다.

마왕군의 스파이든 아인이든 상관없다.

비웃음당하며 살해당한 이 빚은 반드시 갚겠다.

◆ ◆ ◆

"좀 물러나주겠어?"

디오니스가 그리 말하자 주위의 몬스터들은 움직임을 멈췄다.

이렇게 몬스터를 조종할 수 있는 것은, 전에 엘피에게 들었듯이 마왕에게 인정받았다는 의미겠지.

"……윽."

30년 전과 거의 변함없는, 싹싹한 척하는 그의 표정을 보고 머리가 분노로 하얗게 물들었다.

검을 들고 덤벼들려하는 스스로를, 이를 악물고 양손을 움켜쥐어 어떻게든 막았다.

그렇다. 분노 그대로 움직여봐야 저 녀석에게는 닿지 않는다.

"――――――."

그리고 분노를 억누르고 있는 것은 나만이 아니었다.

엘피의 부하들은 디오니스에게 살해당했다. 그녀도 분노를 느끼지 않을 리가 없다.

"……오랜만이군, 수귀(水鬼). 용사의 파티였던 남자가 수 마장군이라니 제대로 웃겨주시네."

"여, 엘피스자크. 나한테도 사정이 있어서 말이야. 그보다도, 놀랐어. 루시피나의 봉인에서 빠져나온 거로군. 축하하지."

공중에서 이쪽을 내려다보며 디오니스가 짝짝 박수를 쳤다.

친근한 표정, 부드러운 음성이지만 바보 취급 한다는 것이 전해졌다.

"흥. 그 정도 봉인으로 나를 계속 봉인할 수 있을 거라고 생각하기라도 했나? 꽤나 얕보였네."

"어어, 거참 미안하네. 마왕 자리를 빼앗기고 소중한 부하의 목숨도 빼앗기고, 그런데다가 산산이 쪼개진 패배자한테는 그 정도 봉인으로 충분하다고 생각했거든."

하늘에서 이쪽을 내려다보며 디오니스는 엘피를 도발했다.

하지만 엘피는 살짝 눈매를 가늘게 만들었을 뿐, 그 도발을 흘려 넘겼다.

그녀의 태도에 디오니스를 희미하게 불쾌하다는 표정을 짓더니 엘피에게서 시선을 뗐다.

일부러 만들어낸 것 같은 기분 나쁜 미소가 나를 향했다.

"너도 마찬가지네. 오랜만이라는 건."

"……뭐?"

"시치미 뗄 것 없어. 그 지하에서 벌어진 일은 전부 알고 있어."

오래된 친구를 대하는 듯한 미소로 디오니스는 말했다.

"――오랜만이야, 아마츠."

……역시 그랬나.

지하라는 건 올리비아의 저택 말이겠지.

그 물로 된 안구는 디오니스가 사용한 마법이었던 것이다.

"그 여자가 묘한 움직임을 보인다 싶어서 일단은 감시하고 있었는데 말이야. 거기에 너희가 나타나서 놀랐어."

올리비아는 몬스터를 조종해서 미궁을 토벌하려고 했다.

그걸 알고 감시하던 디오니스의 마법에 우리가 비치고 말았다는 건가.

"당한 상처는 전혀 안 보이고 용모도 이전과 다르다, 라. 음음, 과연. 오르테기어의 책략이 틀어진 모양이로군."

"……오르테기어의 책략이라고?"

"이런. 괜찮아, 신경 쓸 것 없어."

실언했다는 듯 입을 막고 디오니스가 미소 지었다.

그 동작이나 태도에서는 내가 살아있다는 사실에 대한 놀라움은 거의 느껴지지 않았다. 의외의 인물과 재회했다는 정도의 반응이었다.

의아해하는 나를 향해 디오니스는 양팔을 벌리며 말했다.

"너랑 다시 한 번 만나서 기뻐, 아마츠."

"……그래."

그 말에는 그저 동의할 수밖에 없었다.

"나도 마찬가지야, 디오니스. 나도 너랑 만나고 싶었어."

어떻게 괴롭혀줄까.

어떻게 배신한 걸 진심으로 후회하게 만들까.

어떻게 자신이 잘못했다고 사죄하게 만들까.

그리고――.

"어떻게 너를 죽여줄까, 계속 생각했어."

복수 대상이 스스로 나타나준 것이었다.

이렇게나 고마운 이야기는 달리 없다.

"무슨 생각으로 미궁 밖으로 나왔는지는 모르겠지만, 덕분에 수고를 덜었어. 여기서 부하의 원수를 갚도록 할까."

그리 말하며 엘피도 한 걸음 앞으로 내디뎠다.

온몸에서 마력이 들끓는 것이 이미 전투태세에 들어간 상태였다.

"엘피스자크, 그 분노를 내게 향하는 건 번지수를 잘못 짚은 거라고 생각하는데?"

엘피의 살기를 맞닥뜨리고서도 디오니스는 여전히 싱글싱글 웃고 있었다.

"……무슨 뜻이지?"

"글쎄? 뭐, 패배한 네 잘못이라는 거지."

엘피의 물음에 디오니스는 능청스레 고개를 갸웃거렸다.

"원수를 갚겠다, 복수하겠다고? 미안하지만 그런 것에는 흥미 없거든. 나는 그저 착각을 정정하러 왔을 뿐이야."

철부지 어린아이를 타이르는 듯한 말투.

"『아마츠는 최강의 용사』 같은 소릴 들었잖아, 인간 주제에. 정말이지, 웃기지도 않는 착각이라고. 너 같은 게 최강이라니. 그러니까 그 착각을 계속 정정해주고 싶었거든."

그리고는 돌변, 디오니스는 만들어낸 것 같은 미소를 지웠다. 악의가 여실히 전해지는 일그러진 미소를 띠고 디오니스가 그리 외쳤다.

"너를 박살내서, 내가 최강이라고 정정해주겠다는 말이야!"

그 외침과 동시에 주위의 몬스터들이 다시 움직이기 시작했다.

"할 수 있겠어?"

"문제없어."

몬스터를 상대하며 동시에 디오니스와 싸우는 것은 조금 성가시다.

하지만 승산은 있다. 저 녀석의 전법과 전투력은 30년 전의 것이지만 파악하고 있으니까.

서로 대치하여 당장에라도 전투가 시작되려 했을 때였다.

"아빠…… 아빠아……."

"————윽."

그 타이밍에, 등 뒤에서 아버지의 시체에 매달려 있던 소녀의 목소리가 귀에 들어왔다.

아버지를 잃은 소녀의 존재에 그때까지의 고양감이 흩어졌다. 디오니스의 등장으로 완전히 잊고 있었다.

"——신경 쓰이나?"

동시에 디오니스의 얼굴이 웃음으로 일그러지는 게 보였다.

"아하하핫!!"

부유한 상태에서 디오니스가 팔을 들어올렸다.

고작 그것만으로도, 그의 주위에 무수한 물의 탄환이 구성되었다.

그리고 그 직후, 웃음을 띤 채로 디오니스가 팔을 기세 좋게 휘둘렀다.

"……!"

무수한 물 탄환이 비처럼 쏟아졌다.

그 물 탄환은 모두 우리가 아니라 무릎을 꿇고서 울고 있는 소녀에게로 향했다.

망설일 틈조차 없었다. 소녀를 끌어안고 그 자리에서 달려갔다.

"……칫."

뭘 하는 거냐, 나는. 디오니스는 누군가를 감싸며 싸울 수 있는 상대가 아니다.

"으아아아……."

품속에서 소녀가 울고 있었다.

싸움에 방해된다. 내버려두어야 한다.

──울고 있는 이 소녀를?

"……윽."

그 이전에 나는 어째서 이 소녀를 구했지?

복수에 도움이라도 되나?

디오니스를 죽이기 위한 전력이라도 되냐고?

그럴 리가.

그렇다면 지금 당장 버려야 할 텐데.

"……어째서냐."

나는 이를 갈았다.

스스로의 행동을 이해할 수 없었다.

소녀를 지킬 이유 따윈 전혀 없었다. 아무리 처참하게 죽을지라도 버려야했던 것이다.

그런데, 나는.

"여전히 다정하네. 하지만 말이야, 그럴 여유가 있을까?"

의식을 파고드는, 비웃음 섞인 디오니스의 목소리.

바로 뒤에서 폭발이 일어났다.

"허──윽!"

충격에 등을 얻어맞고 한순간 호흡이 멎었다.

"자자! 힘내야지, 안 그러면 그 아이가 죽어버린다고?"

막아서는 몬스터 옆을 빠져나가 오로지 거리를 벌리는 데에만 집중했다.

나를 뒤쫓는 파편은 몬스터들도 주저 없이 집어삼켰다.

연속하여 폭발이 일어나고 몬스터의 몸이 터져나갔다.
그걸 신경 쓰는 기색도 없는, 디오니스의 거슬리는 웃음이 등 뒤에서 들렸다.
"아아……!"
소녀의 비명.
남성의 시체가 있던 장소에도 파편은 쏟아졌다.
볼 것도 없이 남성의 몸은 이미 원형을 유지하고 있지 않겠지.
"아……아, 아빠아아아아아!!"
내게 안긴 상태로, 소녀는 아버지의 몸이 산산이 흩어지는 광경을 보고 말았다.
품속에서 소녀가 울부짖으며 날뛰었다.
이대로는 물 탄환에 더는 대처하지 못한다.
"……아."
소녀의 머리에 마력을 흘려 의식을 날렸다.
힘을 잃고 품속에서 소녀는 잠들었다.
"바보 같이……."
……의식을 잃게 만들 게 아니라 내버렸어야 할 텐데.
"정말로 약해졌구나, 아마츠. 이 정도 공격에서 소녀를 지키는 데만 급급하다니."
디오니스가 웃고는 다시금 물 탄환을 날리려고 한 타이밍에,
"――『마안 회신폭』."

물 탄환에 버티며 마력을 모으고 있던 엘피의 마안이 작렬했다.

우리와는 다른 방향으로 이동했던 엘피의 공격이, 웃음을 터뜨리고 있던 디오니스를 집어삼켰다.

위장용 매직 아이템을 낀 상태에서는 최대 수준의 일격이었다.

홍련의 섬광이 시야를 뒤덮었다. 폭풍이 휘몰아치고 대지가 흔들렸다.

"어떠냐……?!"

엘피가 그리 중얼거리는 것과 동시에.

"……하—아."

폭연이 가시고 아무런 상처 없는 디오니스가 모습을 드러냈다. 그의 몸을 물로 된 장벽이 뒤덮고 있는 것이 보였다.

저걸로 엘피의 마안을 완전히 상쇄한 건가.

"저기, 엘피스자크. 엘피스자크 길데가르드. 그 정도 폭격으로 나한테 대미지를 줄 수 있을 거라 생각하기라도 했나? 그렇다면 나를 어지간히도 바보 취급 했나보네. 그 마안, 썩어문드러진 거 아냐?"

"……화력 부족인가."

씁쓸한 표정을 지으며 엘피가 디오니스에게서 거리를 벌렸다.

그리고 『위장의 반지』를 벗으려고 했을 때였다. 살짝 짜증어린 표정을 지은 디오니스가 손가락을 튕겼다.
"윽, 뭐야……?!"
"엘피……?"
그 직후, 갑자기 엘피가 고통스러운 표정을 지으며 무릎을 꿇었다.
살펴보니 그녀의 오른쪽 허벅지에 검 하나가 깊숙이 박혀 있었다.
거리는 충분했을 텐데, 그리고 애당초 디오니스는 아무런 무기도 들고 있지 않았을 터.
디오니스가 무엇을 한 것인지 알 수 없었다.
"여, 아마츠. 동료가 위기에 빠졌는데 돕지 않아도 되겠어? 아니면 마족이니까 내버리는 건가?"
무릎을 꿇고 움직임을 멈춘 엘피를 향해 디오니스가 물 탄환을 발사하려 했다.
"……윽."
소녀를 안은 채로 한손을 파우치 안으로 쑤셔 넣어 마석을 쥐었다.
브레이크 매직을 사용해서 디오니스의 공격을 막으려고 했을 때였다.
"아니야! 목표는 너야, 이오리!"
엘피의 외침.
동시에 디오니스가 손가락을 튕겼다.
내게서 등을 돌리고 있었음에도 허공에 떠 있던 물 탄환이 이쪽으로 날아왔다.

"________."

쓰러지듯 뒤로 도약하며 마석을 던졌다.

들이닥치는 물 탄환과 마석이 접촉하는 것과 동시에 브레이크 매직을 발동했다.

도약만으로는 폭풍의 범위에서 미처 벗어나지 못하여, 타오를 듯한 바람이 나를 강타했다.

"커, 헉……."

땅바닥에 처박혀 호흡이 멎었다. 타버린 피부가 찌릿찌릿하게 아팠다.

소녀를 감싼 탓에 제대로 낙법을 취할 수가 없었다.

흐릿한 시야로 어떻게든 디오니스의 모습을 포착했다.

"미안하지만, 자고 있을 여유는 없다고?"

통증으로 흐릿한 시야 가운데, 디오니스가 마법을 구사하는 것이 보였다.

이런 타이밍에서는 피할 수도 없다.

……열화된 일 아타락시아로 버텨낼 수밖에 없나.

그런 위력으로는 상쇄시키긴 무리겠지만.

대미지를 받을 각오를 했을 때였다.

"——하아아앗!"

허벅지에서 검을 뽑은 엘피가 디오니스에게 뛰어들었다.

"——『마완 괴렬단(壞裂斷)』."

마력의 손톱 다섯이 디오니스를 덮쳤다.

물 탄환의 표적이 이쪽에서 엘피로 바뀌었다. 손톱과 물 탄환이 격돌하고 격렬한 폭발이 일어났다.

"칫……."

"크, 윽……!"

양쪽 모두 폭풍에 날려갔다.

엘피는 허공에서 자세를 바로잡으며 우리 쪽으로 내려왔다.

"……엘피, 괜찮아?"

"어찌어찌."

다리의 상처자국은 이미 막혀 있었다.

팔과 얼굴 이외에는 분신체이기에 마력을 실으면 재구성할 수 있다고 전에 이야기했지.

"저 수귀, 이제까지의 마장군이랑은 차원이 달라. 썩어 빠졌어도 일단은 전직 용사의 파티인가."

"……전력으로 싸우지 않고서는 이길 수 없는 상대야."

엘피가 『위장의 반지』를 빼고, 내가 품고 있는 이 소녀를 어떻게든 하지 않으면 승산은 없다.

하지만……. 그걸 간파했는지 거슬리는 목소리가 울렸다.

"저기, 아마츠. 그 아이를 버리는 게 어떨까. 감싸면서 제대로 싸우진 못하잖아?"

"……필요 없어. 너 정도는 이 상태로도 충분히 싸울 수 있어."

허세였다. 전력을 발휘할 수 없는 상태로 이길 상대가 아니었다.

"있잖아."

자신의 푸른 머리카락을 손가락으로 뱅글뱅글 만지작거리며 디오니스가 한숨을 내쉬었다.

미간을 찌푸리고 어이없다는 듯 말했다.

"너 말이야, 대체 어디까지 바보인 거야."

"……뭐라고?"

"그만큼 지독하게 배신당해놓고 아직도 남을 돕는 건가? 30년이나 지났는데, 전혀 성장하질 않았잖아."

"……아니야."

아니다. 결단코 그렇지 않다.

나는 누군가를 돕는 게 아니다.

그런 유치한 생각은 이미 버렸다. 복수를 위해서라면 뭐든 이용하겠노라 결심했다.

"그럼 어째서 그 아이를 버리질 않는데?"

"……그, 건."

그렇다.

어째서 나는 이 마당에 이르러서도 이 소녀를 버리지 않지?

거치적거릴 뿐임을, 알고 있으면서.

"이오리, 귀 기울이지 마."

사고가 중단되었다.

엘피의 손이 내 어깨를 두드렸다.

"배신자의 헛소리 따위, 들을 가치는 없어. 뭘 진지하게 상대해주는 거야, 멍청이."

"……어, 어어."

"냉정을 잃지 마. 적을 응시해. 앞을 봐."

고개를 내저어 쓸데없는 생각을 버렸다. 전장에서 망설임을 가지다니 자살 행위 그 자체였다.

"너는 그 아이를 안은 채로 가능한 범위에서 대처해. 내가 저 녀석의 공격을 막을게. 그 틈에——."

"어, 미안. 그 · 건, 무리야!"

이야기에 끼어들며 디오니스가 손을 휘둘렀다.

또다시 발사되는 대량의 물 탄환.

"————윽."

엘피의 마안으로 격추하고 일 아타락시아로 방어했다.

하지만 디오니스는 공격의 기세를 유지했다.

우리가 도망치지 못한다는 걸 알고선 소녀를 품은 나를 중점적으로 노렸다.

강제적으로 방어일변도로 내몰렸다.

포션을 마실 틈도 없이, 그저 마력과 체력이 깎여나간다.

엘피도 『위장의 반지』를 뺄 수가 없었다.

이윽고.

"——컥."

"큭."

방어가 깨지고 물 탄환이 눈앞으로 작렬했다.
충격에 날아가서 땅바닥을 굴렀다.
엘피도 무릎을 꿇고 거칠게 숨을 몰아쉬었다.
"장난치는 거지? 저기 말이야, 아무리 그래도 전직 용사랑 전직 마왕이 이렇게나 약하다니, 대관절 무슨 장난이야? 곤란하네. 이것저것 준비해서 왔으니까 말이야."
디오니스가 팔을 들어올렸다.
"아직 죽이진 않을게. 일단 그 아이를 너희 앞에서 죽인 다음에, 실컷 괴롭혀주지."
그리고 물 탄환을 발사했다.
"————."
이제는, 잠깐의 유예도 없다.
이 소녀를 내버린다. 아니, 차라리 방패로 삼아서라도 이 자리를 빠져나가서——.
——수많은……을 봤다.
"……윽."
시야에 노이즈가 끼었다.
모래폭풍 가운데, 디오니스를 향해서 누군가가 손을 뻗고——,

그 직후,

"——제때 왔어……!"

우리를 감싸듯 결계가 생겨났다.

◆ ◆ ◆

흐트러진 금발, 거친 숨을 몰아쉬며 어깨를 들썩이는 여성을 봤다.

그녀의 뒤에는 무장한 병사들 여럿이 서 있었다.

결계를 쳐서 우리의 목숨을 구한 건―――.

"……카렌, 씨."

"오는 게 늦어졌어요. 죄송해요."

언제였던가, 과거의 일을 떠올렸다. 일찍이 궁지에 빠진 우리를 도와준 남자가 있었다.

금발의 다정한 남자가.

그때를, 떠올렸다.

"……하아."

불쾌하다는 듯 미간을 찌푸린 디오니스가 물 탄환을 날렸다.

눈앞에 전개된 결계에 부딪히고 연속하여 폭발이 일어났다. 결계가 삐걱거리며 이윽고 금이 퍼졌다.

하지만.

"――――."

파괴가 퍼지는 것보다도 빨리, 카렌이 새로이 결계를 전개했다.

금이 간 결계 위로 또 다른 결계 한 층이 나타나서 물 탄환을 튕겨냈다.

거친 숨을 몰아쉬며 몇 번이고 몇 번이고 카렌은 결계를 되풀이하여 쳤다.

그 응수가 몇 분 이어지고, 이윽고 디오니스가 공격을 멈췄다.

"……아, 넌 알아. 가슈의 딸이었지? 네 아버지와는 면식이 있거든. 그 정을 생각해서, 결계를 풀고 지금 당장 눈앞에서 사라진다면 그냥 보내주겠다만?"

결계 너머로도 전해지는 디오니스의 살기.

카렌의 등 뒤에 있는 병사들 사이로 떨림이 퍼졌다.

그리고 직접 그 살기는 받고 있는 카렌도 부들부들 몸을 떨었다.

"……거절하겠어요."

하지만 카렌은 떨리는 목소리로 그리 대답했다.

"……어엉?"

"저는 레이포드 가 당주——카렌 레이포드. 영지를, 주민을, 그리고 소중한 손님들을 상처 입히는 것은 절대로 용서하지 않아요."

그녀의 뒷모습에서 가슈의 모습이 또렷이 겹쳐 보였다.

"어차피 그거잖아? 부모가 남긴 걸 지킨다, 그것이 내 사명이니까—같은 거. 아—아. 비참하네. 죽은 사람이 남긴 것에 매달려서는 말이야. 나는 너처럼 분수를 모르는 인간이 제일 싫어. 그러니까 얼른 비켜라, 인간."

"안 비켜요. 당신이 무어라 하든, 저는 이 영지를 지키겠어요."

눈을 감고 디오니스가 입을 다물었다. 그리고는 "아, 그렇지"라며 손뼉을 쳤다.

"이 영지와 주민을 지키고 싶은 거지?"

디오니스의 표정이 추악하게 일그러졌다.

그 흉악한 형상에 카렌이 숨을 삼켰다.

"그렇다면, 이렇게 할까."

떠 있던 디오니스가 민가의 지붕으로 착지하는가 싶더니 크게 도약했다.

뛰어간 쪽은 미궁 방면.

그쪽에 커다란 받침대가 설치되어 있었다.

"……설마."

그 받침대 위에 놓인, 사람 머리 정도의 주황색 돌.

디오니스는 받침대를 파괴하고 그 위의 돌을 손에 들었다.

"――이거 『요석』이라고 그랬지. 미궁을 봉인하기 위해서 필요한 매직 아이템이라며? 이건 내가 몰수하지. 뭐, 이런 돌이야 있든 없든 나라면 간단하게 결계를 파괴할 수 있지만 말이야."

돌을 공깃돌처럼 툭툭 가지고 놀며,

"알고 있으려나. 사소 미궁은 대량의 독 늪을 품고 있거든. 생물이 죽음에 이르고 식물이 말라죽는, 모든 것을 죽이는 독의 늪이지."

연기 같은 동작으로 머리카락을 쓸어 올리며 참으로 유쾌하게, 상냥한 미소를 지으며 디오니스는 선언했다.

"——그 독 늪을 이 영지로 방류해줄게."

"무슨…… 짓을."

말을 잃은 카렌을 보고 디오니스의 미소는 더욱 깊어졌다.

"그게 싫다면 나를 막으러 미궁으로 오도록 해. 딱 거기 두 사람 정도가 적임이 아닐까?"

그런 말을 남기고 디오니스는 웃음소리를 울리며 모습을 감췄다.

남은 것은 짐승에게 잠식당한 것처럼 지독한 상흔이 남은 대지와 멍하니 서 있는 사람들.

"……세상, 에."

시야 가득 펼쳐져 있던 결계가 스르륵 소멸되었다.

그와 동시에, 몸을 떨면서도 한 걸음도 물러나지 않았던 카렌이 무릎을 털썩 꿇었다.

병사가 황급히 다가갔지만 카렌은 손을 들어 그것을 제지했다. 하지만 그녀의 얼굴은 창백하고 구슬 같은 땀이 맺혀 있었다.

"……주민 구조와 피난을 진행하죠."

휘청휘청 일어서서는 창백한 표정 그대로 카렌은 척척

지시를 내렸다.

그에 따라 병사들이 움직이기 시작했다.

그 후 곧바로, 우리는 치유 마법으로 치료를 받았다. 그 때에 품고 있던 소녀에 대한 사정을 설명하고 병사에게 넘겼다.

빠른 걸음으로 떠나는 병사. 그의 뒷모습을 보며 생각했다.

불과 몇 시간 만에 가족을 잃어버린 소녀. 아버지의 죽음을 목격하고 그의 시체가 유린당하는 모습을 보게 되었다. 소녀의 정신 상태는 어떻게 되어버렸을까.

"——이봐, 이오리."

그때 가볍게 머리를 맞고 정신을 차렸다. 돌아보니 험악한 표정의 엘피가 서 있었다.

"나도 전력을 발휘하지 못했지만 넌 너무 붕 떠 있었어."

"……음, 미안해."

"아버지가 살해당한 딸에 대해서 생각하고 있었나?"

정확하게 맞히니 무어라 대답할 말이 없었다.

"싸움이 벌어지면 그런 희생은 나오고 말아. 너는 그걸 잘 알고 있을 테지."

"……알고 있어. 그런 게 아니야. 나는 그때……."

어째서 그 아이를 내버리지 않았나.

"……아니, 아무것도 아냐. 그보다도 카렌 씨한테 가자. 앞으로의 일에 대해서 이야기를 하고 싶어."

엘피는 더 이상 추궁하지 않고, “알았어”라며 고개를 끄덕이고는 나를 따랐다.

주위를 둘러봤지만 카렌의 모습은 없었다.

잠시 찾다가 반파된 민가 뒤에서 혼자 서성이는 걸 발견했다.

그녀의 뒷모습을 향해 말을 걸었다.

“카렌 씨 덕분에 살았어요. 감사합니다.”

돌아보고는 “무사하셔서 다행이에요”라며 카렌이 고개를 끄덕였다.

하지만 그녀의 얼굴은 창백했다. 공허한 눈빛이었다.

“……괜찮으세요? 안색이 나빠요.”

“……예? 아아.”

계속 하늘을 올려다보며 건성으로 말했다.

“……카렌 씨?”

“저희 가문은.”

가냘픈 목소리로, 카렌이 담담하게 이야기를 시작했다.

“이제까지 계속 미궁의 봉인을 담당했어요. 아버님은 그걸 긍지로 여기고, 어머님이 그런 아버지를 내조하고……. 저도 그리 되고 싶다, 그렇게 생각했죠.”

“………….”

“그래서…… 아버님과 어머님이 그렇게 떠나시고…… 제가 제대로 미궁을 봉인해야만 했어요.”

카렌이 머리를 부여잡았다.

"그런데, 미궁 봉인의 명령에서 풀려나고, 요석을 빼앗기고……! 제, 제가! 제가 제대로 해내야만 했는데!"

히스테릭하게 소리 지르며 카렌은 자신의 머리를 바득바득 쥐어뜯었다.

"카렌, 씨……."

남겨진 자신이 영지를 지켜야만 한다.

그 중책에 카렌은 짓눌려버릴 것만 같았다.

"제가 영지를 지켜야만 하는데……."

부모님이 살해당하고, 미궁 봉인의 명령에서 풀려나고, 영주가 되었다.

그런 상태에서, 수 마장군에게 습격당하여.

보통의 정신 상태로 버틸 수 있을 리가 없었다.

"제가…… 미궁을 봉인해야만, 하는데……!"

감정을 더는 억누르지를 못하겠는지 카렌의 눈에서 뚝뚝 눈물이 넘쳐흘렀다.

"————."

——많은……얼굴을 보았다.

머리를 마구 쥐어뜯고 오열을 흘리며 우는 그녀의 모습.

정신이 드니 나는 머리를 쥐어뜯는 카렌의 손을 붙잡고 있었다.

"……이오리, 님?"

다른 한손을 카렌의 어깨에 얹었다.

놀란 표정을 드리운 카렌을 정면으로 응시하고, 나는 말했다.

"이제 미궁을 봉인할 필요는 없어요."

"예……?"

무언가를 생각했던 것도 아닌데, 말은 멋대로 나왔다.

"디오니스는――수 마장군은 저희가 쓰러뜨릴게요."

"――――."

"그러니까…… 이제 괜찮아요."

안심시키는 듯한 말투로, 나는 단언했다.

"하, 하지만…… 그건, 너무 위험해요."

"저희는 모험가예요. 전에 아는 모험가가 그랬죠. 『여기서 모험하지 않으면 언제 모험을 하겠냐』라고요."

"이오리 님……."

"미궁은 저희에게 맡기고, 카렌 씨는 자신이 할 수 있는 일을 하세요."

"어째서……."

떨리는 목소리로 카렌이 물었다.

"어째서…… 그렇게까지 해주시는 건가요?"

대답은 나오지 않았다. 문제 해결의 보수로 미궁에 들어가게 해달라고, 한마디로 말하면 그만이었던 것이다.

그런데도 어째서 나는 이렇게 쓸데없는 소리를 입에 담았을까.

"……. 저는 가슈에게…… 그리고 카렌 씨에게 도움을 받았으니까요. 그 은혜를 갚고 싶다……라는 걸로 해주세요."

그런 말을 남기고 나는 카렌에게서 등을 돌렸다.

돌아보지 않고 목적지를 향해 나아갔다. 목적지는, 사소미궁이었다.

"……꽤나 기운 넘치는데?"

옆을 걷는 엘피가 놀리듯 말했다.

"당연하지. 여하튼 복수 상대가 바로 앞에 있으니까."

말하지 않아도 될 소리까지 했지만, 목적은 변함없었다.

복수다.

기다려라, 디오니스. 당장 죽이러 가마.

제5화 『사소(死沼)의 끝으로』

"디오니스의 전투 방법, 네가 봤을 때는 어떻게 생각했어?"

"상대에게 틈을 주지 않는 연속 공격. 성가시지만, 그것뿐이라면 대처할 방법은 있어."

미궁으로 가는 도중에 나눈 대화.

"하지만 그것만이 아니라는 거겠지?"

"그래."

디오니스의 전투 방법은 잘 알고 있었다.

그 녀석은 수 속성의 마법, 체술, 검술 등등 기본적인 전투 스타일을 각각 높은 수준으로 갈고닦았다. 그래서 상황에 따라 전위와 후위 어느 쪽이든 해낼 수 있다.

"그 까불거리는 성격이랑은 다르게 견실한 방식으로 싸운다는 건가."

"그렇지. 하지만 그 녀석은 치명적인 단점이 없는 대신에 빼어난 장점이 없어."

전투 방법에 틈이 없기에 실력으로 자신보다 뒤처지는 상대에게는 절대적인 힘을 발휘한다. 뒤집어서 말하면, 자신보다 우월한 상대에게 역전의 일격을 가할 힘이 없다는 것이다. 동료였던 무렵에도 디오니스는 실력이 우월한 상대에게는 시간벌이밖에 못 했다.

또한 종합적인 힘에서 위에 있더라도 상대가 뛰어난 필

살기를 가진 경우에도 그 녀석은 패배했다.

뒤처지는 상대에게는 강하지만 우월한 상대, 혹은 그 녀석의 종합적인 힘을 웃도는 일격에는 약하다.

그것이 디오니스였다.

"30년 전의 그 녀석한테라면, 지금 우리라도 정면으로 싸우면 이길 수 있어."

엘피 혼자서도 거리를 벌리고 최대 화력의 마안을 쏜다면 승산은 있겠지.

"하지만……."

"문제는, 30년 전과는 다르다는 거로군."

조금 전 싸움에서 본 물 탄환 연발에서는, 그 녀석의 실력 변화는 파악할 수 없었다. 그저 파괴를 흩뿌리는 그 전법은 여전히 자신에게 뒤처지는 상대한테만 통하는 것이었으니까.

하지만 딱 한 번 보여준, 빈손인 상태에서 엘피의 다리에 검을 박은 그 마법. 뭘 했는지 언뜻 본 것만으로는 이해할 수 없었다.

"몇 년을 같이 싸웠지만 디오니스가 그런 마법을 사용하는 건 본 적 없어."

"……그렇다면 30년 동안에 익힌 곡예라는 건가."

"엘피는 그게 뭔지 모르겠어?"

"……아무것도 없는 공간에서 검을 꺼내는 것뿐이라면 짚이는 게 몇 가지 있어. 너무 많아서 도리어 특정할 수 없을 정도야."

그건 나도 마찬가지였다.

은폐의 마법으로 검을 숨겨두었다, 수납 마법에서 꺼냈다. 몇 가지 수단은 떠올랐지만 그게 어느 것인지까지는 알 수 없었다.

"아까는 물 탄환에 정신이 팔려서 당했을 뿐이야. 특정할 수 없어도 마안을 사용하면 대처할 수 있어."

황금빛 눈동자를 가리키며 엘피가 자신만만하게 그리 단언했다.

어떤 공격인지 모르는 건 조금 불안하지만, 처음부터 경계하고 있으면 피할 수 있겠지.

전투 방법은 평소와 다르지 않았다.

내가 전위, 엘피가 후위.

그 물 탄환을 빠져나갈 기술은 준비되어 있었다.

남은 불안은 그 녀석의 필드에서 싸워야만 한다는 것이지만, 이 이상 생각해봐야 결말이 나지 않는다.

이곳의 병사들로서는 우리를 따라오지 못할 테니 외부에서 응원이 오기를 기다릴 시간도 없었다.

미궁의 정보는 수중에 있고 가능한 한 장비도 갖추었다.

남은 건 싸우는 것뿐이겠지.

파괴당한 『요석』 받침대 옆을 지나 미궁 입구 앞까지 왔다.

안은 어두워서 외부에선 안쪽을 들여다볼 수 없었다.

"——가자."

우리는 사소 미궁으로 발길을 들였다.

◆ ◆ ◆

사소 미궁의 모습은 확연하게 바뀌었다고 했지만 입구는 이전과 큰 차이는 없었다.

입구에는 마소가 닿지 않는지 어둠이 이어졌다.

"너, 어두운 게 거북했지. 괜찮아?"

"어둡지만, 소리는 있어. 이오리도 있으니까 지금은 괜찮아."

"그럼 다행이고."

마법으로 주위를 밝히며 우리는 동굴 같은 미궁을 나아갔다.

미궁으로 들어오자마자 엘피는『위장의 반지』를 뺐다.

봉인되어 있던 마력이 단숨에 넘쳐 나왔다. 옆에 있는 것만으로도 그 굉장한 마력이 전해질 정도였다.

팔을 되찾으면서 마력량이 더욱 늘어났구나.

"……독 늪인가."

잠시 나아가니 전방에 보라색 늪이 보였다. 그렇게 깊지는 않지만 주위에는 보라색 연기가 가득했다.

닿으면 살점이 썩고 뼈가 녹는다. 늪이 내뿜는 연기를

들이마셔도 살아남지 못한다. 성가신 독 늪이었다.

하지만 사전에 독 대책은 했다.

복수의 해독 포션, 그리고 장착하는 것만으로도 자신의 독을 무효화하는 작은 결계를 쳐주는 『무독(無毒)의 목걸이』를 구입해뒀다.

이미 『무독의 목걸이』는 차고 있으니 연기를 들이마셔봐야 아무 일도 일어나지 않는다.

발밑에 주의하며 수렁으로 발을 들여놓았다.

차갑고 미끈한 감촉이 전해졌다.

독의 영향은 없으니 그저 움직이기 힘들 뿐이었다.

"……끈적끈적해서 기분 나쁘네. 분신체를 해제하고 목이랑 팔만으로 이동하고 싶어졌어."

"절대로 하지 마."

목이랑 팔만으로 옆에서 떠다닌다면 전투 중엔 착각해서 베어버릴지도 모른다.

게다가 무슨 일이 벌어졌을 때, 분신체가 없다면 반응하지 못하겠지.

그리고 이 미궁의 마장군은 디오니스다. 매직 아이템을 낀 것만으로 무효화되는 늪을 그냥 뒀을 리가 없다.

"엘피. 슬슬 함정이 있을 타이밍이라고 생각하는데, 어때?"

"……양쪽 벽에 어렴풋하게 마력이 있어. 함정이네."

자세히 살펴봐도 벽에선 아무것도 느껴지지 않았다.

엘피가 말한 장소를 마력으로 꼼꼼히 조사하고서야 간신히 알아차릴 수 있는 수준이었다.

상급 마법사가 아니라면 저 함정을 간파하지는 못하겠지.

신중하게 나아가서 함정 부분에 도착했을 때였다. 양쪽 벽에서 소리 없이 가느다란 레이저가 발사되었다.

"흣."

"흥."

그 자체는 대단한 마력은 없어서 비취의 태도로 쳐낼 수 있었다.

엘피는 맨손으로 막고 있을 정도였다.

기분 나쁘게도 레이저는 『무독의 목걸이』를 노리고 발사되었다. 파괴당한다면 독 늪에 죽게 되겠지.

게다가 레이저는 다양한 각도에서 다른 타이밍으로 발사되었다. 첫 공격을 알아차리고 피한다면 그쪽을 향해 다른 방향에서 레이저를 발사하는 구조였다.

피했다고 안도했을 때, 매직 아이템을 파괴당하고 끝. 그런 거겠지.

"과연. 이런 어둠 속에서 이 함정은 확실히 효과적이야."

엘피가 감탄한 듯 고개를 끄덕였다.

읽은 서적에도 이 부분은 기재되어 있었다. 하지만 이곳은 문외한을 노리는 것뿐, 구조를 알고 있다면 그렇게 위험하지 않았다.

그 후에도 집요하게 목걸이를 노리는 레이저를 회피하고 앞으로 나아갔다.

잠시 후, 공중에 마소가 감돌기 시작했다.

마소 덕분에 미궁 안이 밝아져서 등불의 필요성이 사라졌다.

"여기서부터 독 늪의 성질이 변하는 것 같아."

"매직 아이템을 부식시키는 효과, 였던가."

인체에 맹독인 것은 물론, 이 앞의 독은 마력에도 작용한다.

오랜 시간 독 늪, 혹은 그 독기에 닿으면 매직 아이템이 작동하지 않는 것이다.

『무독의 목걸이』에 효과는 없지만 다른 매직 아이템에는 영향이 미친다.

"다섯 시간 정도가 한계야. 그보다도 빨리, 이 독 늪 지대를 돌파하자."

시야 끝에 있는 것은 녹색 늪이었다. 그에 더해서 길 폭이 좁아졌다.

그와 비례하듯 늪은 점점 깊어진다.

미궁에 온 제국군은 이 좁은 길에 애를 먹다가 매직 아이템이 부식되어버리는 바람에 독에 당한 적이 있다나.

녹색 늪으로 발을 들였다.

"몬스터야, 이오리."

"그래."

전방의 늪에서 슬라임 무리가 튀어나왔다.

그를 뒤따르듯 천장에서 후두둑, 하고 「이빨 벌레」가 떨어졌다.

몬스터랑 얽혀 있을 여유는 없었다.

내가 먼저 몬스터를 베었다.

◆ ◆ ◆

귀족은 과거에 마왕군에 붙어 있었다.

하지만 그 잔학함을 따라가지 못하고 마왕군에서 이탈. 그 이후에는 항상 중립의 입장을 취했다.

마왕군에게는 『배신자』, 인간에게는 『과거의 적』으로 등한시되어 귀족은 거주지에서 내몰리고 숫자도 줄어들었다.

그런 상황을 타파하기 위해 귀족은 인간 측에 붙게 된 것이었다.

그런 귀족의 대표가 디오니스 하베르크였다.

온화한 말투와 다정해 보이는 외모.

귀족들은 『노력으로 최강이 된 남자』로서 그를 경애했다.

"나는 이 싸움을 끝내고 동료가 상처 입지 않는 세계를 만들겠어……!"

디오니스는 동료를 생각하는 강한 마음을 지니고 있었다.

그런 실력을 높이 평가받아 우리 파티에 들어왔을 때도 자주 그런 바람을 입에 담았다.

"각오가 부족해. 나로서는 네가 죽는 미래밖에 안 보여."

발목을 붙잡고 만 나를 상대로 짜증스레 이런 소리를 했을 때도 있었다.

부하인 베르트거가 그에 찬성하고 험악한 분위가 되었던 것을 기억한다.

그럼에도 싸움 가운데 서서히 디오니스는 나를 인정해 주었다――.

"너는 강해. 확실히 최강의 용사야. 아마츠라면 세계를 평화롭게 만들 수 있을 거라고 나는 믿어."

"나 혼자서는, 무리야. ……그러니까 디오니스. 나한테 협력해주지 않겠어……?"

"정말이지…… 그런 건 일일이 말할 필요도 없잖아, 아마츠. 당연하지. 너는 이미 내 소중한 동료니까."

――그렇게 믿었다.

◆ ◆ ◆

밀려드는 몬스터를 베고 미궁 안쪽으로 나아갔다.

이 미궁은 계층 없이 그저 쭉 옆으로 펼쳐져 있었다.

미궁으로 들어온 뒤로 한 시간 반이 경과했다. 마소의 농도를 보아하니 3분의 1 정도는 왔을 터.

이곳까지 오는 동안, 몇 번이나 함정이 설치되어 있었다.

입구의 레이저를 시작으로 나락의 바닥으로 통하는 구멍, 바닥없는 늪, 어디로 통하는지 알 수 없는 은폐된 전이진 등등 다양한 함정이 있었다.

구멍이나 바닥없는 늪에는 마력이 없기에 엘피로서는 간파할 수 없었다.

몇 번이나 미궁에 들어온 경험을 살려서, 마력이 없는 함정은 내가 발견하고 있었다.

"엘피. 저 장소, 아까부터 몬스터가 피해서 움직여. 아마도 함정이겠지."

"알았어."

그렇게 둘이서 협력하여 앞으로 나아갔다.

길 폭은 더욱 좁아져서 나와 체구가 작은 엘피가 겨우 나란히 걸어갈 수 있는 정도였다.

그러나 전방에서 몬스터는 끊임없이 나타났다. 아군 숫자가 많았다면 후위가 제대로 기능하지 못해서 전위가 곧장 당해버렸을 테지.

우리가 어려움 없이 나아가는 것은 개인의 역량이 높기 때문이었다.

잠시 걸어가니 어느 순간부터 몬스터가 나오지 않았다. 전방에는 크게 트인 방이 보였다.

방에는 도넛 모양의 육지가 있고 중앙에는 거대한 녹색

늪이 있었다.
"제국군이 도착한 건 여기까지야. 이 방에서 드래곤 여럿 수준의 강력한 몬스터가 나와."
여기까지 오는 데에 시간을 잡아먹은 제국군은, 이 앞에 있는 몬스터를 미처 토벌하지 못했다.
과반수가 몬스터에게 살해당하고 후퇴. 그 과정에서 또다시 절반이 죽어, 미궁에서 나갈 수 있었던 것은 불과 몇 명. 우수한 인재 다수를 잃어 제국은 큰 타격을 받고 만 모양이었다.
"몬스터를 무시하고 지나갈 수는 없나?"
"방으로 들어가면 그 몬스터가 입구에 물로 된 결계를 치나봐. 부수려고 하는 사이에 공격당하겠지."
무시하더라도 도망칠 수 있을지는 알 수 없었다.
"가능한 한, 내가 마석으로 대응할게. 쓰러뜨릴 수 있다면 그걸로 충분. 안 되었을 경우에 대비해서 엘피는 마안 준비를 부탁해. 무시할 수 있을 것 같다면 무시해도 돼."
"음, 알았어. 이오리, 무리하면 안 돼."
"나도 알아."
엘피와 함께 트인 방으로 발을 들였다.
아무 일도 일어나지 않았다.
반대편에 안쪽으로 이어지는 통로가 보였다.
아무 일도 일어나지 않는다면 그걸로 됐다고, 도넛 모양의 지형을 조금 나아간 타이밍이었다.

"——역시, 그냥 지나가게 해주지는 않나."

방 안이 크게 흔들리기 시작했다. 후두둑, 천장에서 흙먼지가 쏟아졌다.

중앙의 늪지가 크게 부풀어 올랐다. 달려서 반대편 통로로 향했지만 4분의 1까지 왔을 때, 출입구에 물로 된 결계가 쳐졌다.

『————.』

늪에서 거대한 머리가 모습을 드러냈다.

녹색의 물보라가 흩날렸다.

"우왁, 입에 들어갔어. ……써."

"바보냐. 입 닫아."

모습을 드러낸 것은 거대한 오징어였다.

삼각형의 돛 같은 몸통, 그 밑에 있는 거대한 보라색 안구.

건물을 일격으로 분쇄할 수 있을 정도의 다리가 여럿, 머리 주위에 나 있었다.

"……본 적 없는 몬스터야. 엘피는 알고 있어?"

"「크라켄」이야. 인간의 공격으로 거의 멸종되다시피 한 희소종이지. 옛날에 먹어봤는데, 최악으로 맛없었어."

희소종을 먹으면 안 되지.

『————!!』

맛없다는 말에 반응한 건 아닐 테지만, 크라켄이 공격을 가했다.

여러 방향에서 올려다볼 정도의 다리가 떨어졌다.

"피해!"

전속력으로 낙하지점에서 이탈했다.

그 직후, 서 있는 게 어려울 정도의 진동이 덮쳤다. 그리고 추격하듯 크라켄이 다리를 휘둘렀다.

"……『브레이크 매직』!"

투척한 마석이 빽빽하게 빨판이 달린 연두색 다리를 산산이 날려버렸다.

『————!!』

크라켄이 몸을 떨었다.

하지만 그리고는 이내 날아간 다리가 부풀어 오르고 재생되기 시작했다.

"과연, 제국군이 쓰러뜨릴 수 없을 만하네……!"

"이오리, 눈알을 노려! 다리는 아무리 공격해봐야 곧바로 재생돼!"

"……그래!"

마석 잔여수는 앞으로 스무 개.

이 괴물을 상대로 얼마나 절약할 수 있을까.

크라켄의 거대한 두 눈을 노려보며 다음 마석을 움켜쥐었다.

◆ ◆ ◆

최종결전 전야.

나, 루시피나, 디오니스, 류자스까지 네 사람은 한 방에 모여 있었다.

"저기, 아마츠. 뭐 가져왔어? 포션인가, 그거?"

"귀족한테 전해지는 포션이라나 봐. 베르트거한테 받았어."

"으음. 나도 몇 번인가 마신 적이 있어. 효과는 확실하니까 빨리 마시도록 해."

내일에 대비하여 베르트거에게 받은 포션을, 디오니스의 권유에 따라 마시기 시작했다.

통상적인 포션과는 달리 묘하게 달짝지근한 맛이 났다.

하지만 동료에게 받은 거니까, 그래서 끝까지 마셨다. 그 정체가 맹독이라고는 생각도 못 하고.

"……효과는 어떤가요?"

"응? 어어…… 뭐라고 할까, 이상한 맛이었어."

"원래 그런 거야. 이걸로 내일을 위한 준비는 만전이네."

"그래."

"음, 확실히."

디오니스가 싱긋 웃었다.

그 만전이라는 말에 만족스레 고개를 끄덕이는 루시피나와 류자스의 모습을 보고도, 나는 깨닫지 못했다.

"아니…… 만전이라고 해도, 와야 되는 장비 중에 몇 개가 안 온 모양인데."

최종결전을 위해서 몇 가지 장비를 보냈을 터였는데, 도중에 누군가의 방해가 있어서 오지 않았다. 그중에는 먼 옛날에 발굴된 치명상을 대신 받아주는 매직 아이템 같이 유용한 물건도 포함되어 있었다.

"흥, 틀림없이 마왕군의 소행이겠지. 그 녀석들도 당황했을 거야."

"……그렇겠지."

그밖에도 들어와야 할 정보가 들어오지 않거나 도착해야 할 군이 아직 오지 않았다거나, 많은 트러블이 거듭되고 있었다.

불길하다고 생각하면서도, 당시의 나는 『마왕군의 방해공작이겠지』라고밖에 생각하지 않았다.

"슬슬 내일에 대비해서 자는 편이 좋을 거라 생각해요."

작전이나 장비 점검이 끝난 참에, 루시피나의 그 말에 모두 일어서려고 했다.

그걸 말리고 나는 그들에게 이런 물음을 건넨 것이었다.

"싸움이 끝나고 평화로워지면 그 뒤에는 뭔가 꿈은 있느냐"라고.

그 질문에,

"어어? 딱히 없어. 전부 끝나면…… 뭐, 여동생을 만나러 가는 정도일까. ……오랫동안 홀로 뒀으니까."

류자스는 퉁명스럽게 그리 대답했다.

"……저는 한동안 휴식을 취하고 싶네요. 흥미가 있는 오락이 생겼으니."

루시피나는 온후하게 그리 대답했다.

"나는 귀족 모두에게 전하고 싶은 게 있으니까 한 번은 돌아갔다가, 그 후에는 차별이 사라지도록 각지를 돌아다니고 싶네."

디오니스는 그리 대답했다.

어째서 물었느냐면, 딱히 의미는 없었다.

그저 문득 물어보고 싶어졌을 뿐이었다.

"나는———."

내 말에 세 사람은 말을 맞추듯이 대답했다.

"이루어진다면 좋겠네"라고.

◆ ◆ ◆

"——자, 오징어구이가 되도록 해라!"

내가 두 눈을 으스러뜨려 움직일 수 없게 된 크라켄에게 엘피의 마안이 작렬했다.

머리가 터지고 살점이 튀었다. 복수의 다리가 마구 날뛰고 물보라가 방 전체에 흩날렸다.

거구는 기세 좋게 쓰러지고 잠시 경련했지만 이윽고 움직이지 않게 되었다.

"……후우."

어떻게든 엘피의 마안 사용은 한 번으로 그쳤다.

그 대신에 마석 잔량은 열네 개까지 줄어들고 말았다.

당연한 결과라고 할까.

"이오리, 결계가 풀린 것 같아."

"그래."

입구의 결계는 사라져서 자유로이 지나갈 수 있게 되었다.

미궁으로 들어온 지 세 시간 정도 경과했다.

남은 시간은 두 시간이지만, 마소의 농도를 봐서는 더욱 적었다.

크라켄의 시체에서 굴러 나온 극대의 마핵(魔核)만 회수하고 걸음을 서둘렀다.

몬스터를 물리치고 틈틈이 포션을 마셔 마력과 체력을 회복했다.

한동안 나아가니 작은 방이 나왔다.

"아마도 함정이 있을 거야. 조심해."

"음."

경계하며 안으로 들어간 순간, 입구가 막혔다.

우르릉 방이 흔들리는가 싶더니 기세 좋게 천장이 낙하했다.

"나한테 맡겨!"

엘피가 몸을 확 숙였다가 기세 좋게 뛰어올랐다.

"——마왕 펀치!"

움켜쥔 주먹이 천장에 틀어박혔다. 금이 가고 다음 순간에는 산산이 부서졌다.

“……그 기술은 뭐야.”
“응? 마왕이 펼치는 펀치야. 그보다도, 가자, 이오리.”
“……어.”
천장을 파괴하니 닫혀 있던 입구가 열렸다.
거기서부터 보이는 풍경은, 이제까지의 동굴 같은 느낌과는 전혀 달랐다.
바닥은 대리석, 벽에는 조각이 장식되어 있고 천장에는 샹들리에 같은 등불이 설치되어 있었다.
“……마왕성이 떠오르네.”
미궁이라기보다는 성이라고 하는 편이 어울리는 모습이었다. 하지만 겉모습과는 달리 감도는 마소의 양은 더욱 증가했다.
그 통로에는 아무런 장치도 없었다. 몬스터조차 나오지 않았다.
잠시 나아가니 거대한 문이 있었다. 붉은색 문이고 테두리는 금으로 장식되어 있었다.
“……여기로군.”
볼 것도 없이 알 수 있었다.
이 너머에, 녀석이 있음을.

◆ ◆ ◆

언제였던가, 디오니스가 이런 소리를 했던 걸 떠올렸다.

"——후회 없이, 만족스러운 죽음을 맞이하고 싶네."

"뭐야, 그거. 어쩐지 사망 플래그 같잖아."

아무런 맥락도 없이 디오니스가 중얼거린 말에 무심코 태클을 걸었다.

"사망 플래……? ……그게, 나는 죽으면 명계로 가고 싶어."

내 말이 무슨 뜻인지 알아듣지 못하여 고개를 갸웃거린 뒤, 디오니스는 그리 말했다.

"명계, 인가."

그것은 사후의 세계를 가리키는 말이었다.

이 세계에서는 사후의 세계, 명계가 있다고들 한다.

그곳에는 후회 없는, 만족스러운 죽음을 맞이한 자만이 갈 수 있다나. 지구로 따지자면 천국 같은 장소겠지.

"어째서 명계에 가고 싶은데?"

"그야, 사라지고 싶지 않으니까. 나라는 존재가 사라진다니, 그건 참을 수 없으니까."

"……흐음. 그런 건가."

전승에 따르면 명계에는 낙원이 펼쳐져 있어서 행복하게 살 수 있다고 한다.

"그럼 명계로 갈 수 없다면 어떻게 되는 거지?"

"으음, 전에 들은 이야기로는 죽은 뒤, 영혼은 전부 명계로 간다는 모양이야. 하지만 자격이 없는 영혼은 명계의 공기를 견디지 못하고 녹아서 마력이 되어버린다고 해."

그러니까, 라며 디오니스는 말했다.

"나는 어느 누구에게도 멸시당하지 않는 세계를 만들어서, 만족스러운 죽음을 맞이하겠어."

◆ ◆ ◆

끼이익, 묵직한 소리를 울리며 문이 열렸다.
앞에 있는 방에서 서늘한 공기가 감돌았다.
그때까지와 마찬가지로 장식이 된 성 같은 내부.
방은 원형이고 주위를 깨끗한 물이 감쌌으며 그 중앙에 발판이 존재했다.
방 가장 안쪽으로 이어지는 붉은 카펫. 그 끝에 있는 것은 악취미로 여겨질 만큼 장식된 옥좌.
그 위에 앉은 인물을 보고, 생각했다.
배신당한 뒤로 마음속으로 맹세한 것이 있다. 반드시 너는 만족스러운 죽음을 맞이하지 못하도록 만들겠다.
너는 후회와 절망 속에서, 죽여주겠다고.
"——여, 기다렸어."
옥좌 위에서 디오니스가 유유히 그리 말했다.

제6화 『네 모든 것을 짓밟는다』

넓은 원형의 방.

그곳 가장 안쪽에는 붉은색을 바탕으로 한, 황금이랑 보석으로 과도할 만큼 장식된 옥좌가 놓여 있었다.

그냥 비싼 걸로 아무렇게나 만들어낸 걸로밖에 안 보이는, 그 악취미스러운 옥좌 위에 앉아 있는 것은 디오니스 하베르크.

"의외로 빨랐네. 싸운 느낌으로 보면 중간에 있는 크라켄한테 이길 수 있을지도 의심스러울 정도였는데."

적이 최심부까지 침입한 상황임에도 디오니스는 유유자적하게 다리를 꼬고 팔꿈치를 괴고서 여유로운 태도를 무너뜨리지 않았다.

방 전체로 주의를 기울여봤지만 디오니스 말고 다른 기척은 없었다.

엘피가 곁눈질하며 고개를 끄덕이는 걸 보면 함정도 없는 듯했다.

"경계야 네가 내키는 대로 하면 되지만, 이 방에는 아무것도 없다고? 몬스터도 함정도 없어. 몬스터 같은 게 들어오면 더럽고 기분 나쁘잖아? 자기 방에 함정이 있다는 것도 영 불편할 테고."

"최심부까지 침입 당했는데도 꽤나 여유로우시군."

"당연하잖아. 내가 있다는 것 이상의 경비는 없으니까."

디오니스는 아직껏 자리에서 일어나려 하지도 않고 내려다보듯 턱을 들며 입술을 일그러뜨렸다.

바깥에서 벌인 싸움으로 우리를 압도할 수 있었기에 어지간히도 자신감이 붙은 듯했다.

얕잡아본다면 우리에게는 유리했다. 이쪽의 책략은 저 녀석의 방심과 틈을 노리는 거니까.

"이오리."

"그래. 준비한 대로."

이 이상 이야기를 나누어봐야 의미 없다며 전투에 들어가려고 했을 때였다.

"이봐, 모처럼 천천히 이야기를 나눌 수 있는 기회니까 말이지. 그렇게 서두를 것 없잖아?"

"……닥쳐라. 네놈과 할 이야기 따윈 없어."

"그런 말 하지 말고. 아마츠, 너한테 보여주고 싶은 게 있거든."

디오니스가 손가락을 튕겼다.

메마른 소리가 방에 울리는 것과 동시에, 옥좌 주위에 복수의 결정이 나타났다.

사람 하나 정도 크기의, 투명한 마름모꼴 결정.

"————."

말을 잃었다.

스무 개는 훨씬 넘을 그 결정 하나하나의 내부에 사람이 갇혀 있었으니까.

인간, 아인, 마족, 다양한 종족이 있었다.
모두가 여성이고 누구 하나 의복을 걸치지 않았다. 맨살을 드러낸 여성들은 크게 팔다리를 펼친 상태이고 의식은 없었다. 손바닥, 발목에는 깊숙이 검이 박혀서 마치 곤충 표본처럼 결정 안에 붙어 있었다.
그 아픔을 표현하듯 모든 여성의 얼굴에는 절망이 들러붙어 있었다.
"어때? 이거, 최근 30년 동안 내가 모은 표본인데. 너한테 보여주고 싶어서 일부러 가져온 거야."
"흥…… 아주 악취미의 끝이로군."
"그래, 구역질이 나와."
미간을 찌푸리고 혐오감을 드러내는 엘피에게 동의했다.
"시시하네"라며 디오니스가 쓴웃음 짓고 작게 손가락을 움직였다.
떠 있던 결정 중 몇 개가 앞으로 나왔다.
"영 시시하네. 이 중에는 아는 얼굴도 있을 텐데."
"……뭐?"
"기억, 안 나나?"
앞으로 나온 결정 중 하나로 시선을 향했다.
그 안에 매달려 있던 것은 디오니스와 같은 귀족이었다.
갈색 머리카락에 거무스름한 피부, 이마에 보이는 애처롭게 부러진 두 자루 뿔의 잔해. 이 귀족을 나는 알고 있었다.

"샤레이……?"

샤레이.

디오니스랑 베르트거와 함께 싸우던 귀족 마법사. 남을 잘 돌보고 고집스러운 여성이었다.

만날 때마다 디오니스에게 잔소리를 하던 저 녀석의 소꿉친구.

"정답! 역시 아마츠, 기억하고 있었나보네."

"동료가, 아니었나."

"어, 아니지. 기분 나쁘네, 그러지 마. 이런 잔챙이는 동료가 아니거든."

디오니스가 손가락을 튕겼다.

샤레이가 들어 있는 결정이 뒤로 물러났다.

대신에 복수의 결정이 앞으로 나왔다.

그 안에 있던 것은 모두가 귀족이며 전원 기억에 있었다.

"이 아이들은 인간인데도 평범하게 대해주는 아마츠를 동경한 모양이더라고? 잘 됐네, 감동스러운 재회야."

……뭐냐, 이건.

디오니스가 손가락을 튕겼다. 다른 결정이 나타났다.

"이 아이는…… 좀 어려우려나?"

"———."

나이도 얼마 안 된 소녀, 그리고 그녀와 무척 닮은 생김

새의 여성.

10대 정도의 소녀, 그 소녀가 그대로 성장한 듯한 여성.

소녀. 여성. 소녀. 여성. 소녀, 여성소녀소녀소녀.

그녀들의 생김새는 어렴풋이 기억에 있었다.

"너——이거……."

"기억해? 제국을 여행할 때에 들렀잖아. ——**라므 마을** 말이야."

카렌의 저택에서 고용인과 나눈 대화가 뇌리를 스쳤다.

——이 부근에 라므라는 마을이 있었죠? 지금은 어떻게 되었나요?

——이미 30년 가까이 전에, 마족에게 멸망당해버렸습니다.

"그럼…… 네놈, 이."

디오니스가 손가락을 튕겼다. 다른 결정이 앞으로 나왔다.

"시나 마을."

기억에 있는 이름이었다.

"레오스령."

기억에, 있다.

"그레스 마을, 팔트산의 아인 촌락, 알레느령, 크루스산의 아인 촌락, 페테로스산에서 내가 보내준 마족들, 브기엘 마을, 세를 용병단."

여행 도중에 갔던 장소. 그곳에서 만난 사람들. 도운 사람들.

"——여, 기억하지?"

디오니스가 웃었다.

"전부 우리가 여행하면서 만난 사람들이야. 그리워라."

기억하고 있다.

마족에게 습격당한 마을이나 영지. 함께 싸웠던 용병단.

"마왕성에서 그 일이 있었던 뒤로 말이야, 나랑 루시피나는 한가할 때에 여행을 했거든. 너랑 류자스와 함께 여행했던 지역으로. 그곳에 있던 사람들한테 아마츠의 죽음과 우리의 배신을 이야기한 뒤에 몰살시켜줬어. 뭐, 나도 한가하지는 않아서 모두 돌아보지는 못했지만. 도중에 질리기도 했고."

그녀들과의 만남으로 나는 더욱 강하게 그들을 구해주고 싶다 생각하게 되었던 것이다.

"아, 몰살시켰다고는 해도 실제로 죽인 건 남자랑 죽어도 아까울 것 없는 할망구나 못 생긴 것들뿐이야. 내 눈에 차는 여성은 이렇게 표본으로 만들었지."

떠 있는 결정의 표면을 사랑스럽게 쓰다듬고, 디오니스가 황홀해하는 말투로 말했다.

"너를 죽일 때에 깨달았어. 믿었던 사람에게 배신당해 죽는 녀석의 얼굴을 보는 건 최고로 즐겁다는 걸."

"————."

"믿었던 영웅의 죽음, 그리고 동료의 배신. 그걸 안 그들의 죽는 모습은 참을 수가 없더라고. 아마츠, 너한테도 보여주고 싶었어."

"────."

디오니스의 의도는 싫든 좋든 깨달을 수 있었다.

단순하게 한마디로 표현하자면, 희롱.

"네가 『도와주고 싶어~! 구해주고 싶어~!』라면서, 자기 것도 아닌 힘으로 구했던 사람들의 말로를, 말이야."

"────."

"죄다, 모조리 절망 속에서 죽었어. 네가 정의감을 내세워서 도와준 것만으로 우리의 주목을 받게 되어서 말이야."

이것은 영웅으로서 내가 했던 모든 것의 부정이었다.

"왜 그래? 무슨 말이라도 해봐. 감동의 재회에 너무도 감격해버렸나?"

네가 그런 생각을 가지지 않았다면 죽지 않았을 거라고.

"있지, 기분이 어때? 여, 아마츠!"

『너 때문에 죽었다고.』 디오니스는 그리 말하는 것이었다.

"아하하하하핫! 가르쳐줘!! 지금 기분이 어때? 내가 하고 싶었던 것, 내가 했던 거!! 그게 전부전부전부전부저어어어어어어어언부!! 네 동료인 나와 루시피나한테, 짓밟힌 기분은 말이야?!"

배신당하고, 비웃음당하고, 살해당했다.

이 이상 없을 만큼, 디오니스를 증오한다고 생각했다.
“어이어이! 가르쳐줘, 나한테!! 자기가 했던 일이 전부 무의미해졌다는 사실을 알고, 지금 기분이 어떤지를?!”
하지만 생각을 바꾸자.
증오라는 것에 제한은 없다고.
“앗하하하하하!! 어이어이! 지금, 기분이 어때?!”
“디오니스으으으으으——!!”
땅을 박찼다.
강화하고 가속한 상태로, 옥좌에 앉아 있는 디오니스에게 다가갔다.
현재 상태에서 가능한 가장 빠른 일격을 디오니스에게 휘둘렀다.
“……읏.”
미끄덩, 상대가 칼날을 흘려 넘기는 반응.
디오니스가 근처에 둔 검을 뽑아서 내 칼날을 흘려 넘겼다.
“남이 한창 이야기하고 있는데 공격하다니, 상식이란 게 있는 거야?”
“네놈의 상식 따윈 알 바 아냐.”
“그렇다면 벌을 줄 필요가 있겠는데…… 어때!”
“……읏!”
칼날의 경합에서 간단히 밀려버렸다.
날려간 곳으로 디오니스가 추가타를 가했다. 칼날이 울

리는 소리와 함께 연속해서 불꽃이 튀었다.

강화의 마법을 사용하고서도, 지금의 나로서는 역시나 밀리나.

"……윽."

"칼 쓰는 게 말이야, 아주 얼이 빠졌잖아!"

밀려서 균형을 잃은 것과 동시에.

흉악하게 얼굴을 일그러뜨리며 디오니스가 칼을 휘둘렀다.

"――――――!"

그때 엘피의 마안이 작렬했다.

홍련의 섬광이 번뜩이고 폭발했다. 방을 빙 둘러싼 물이 일렁이며 격렬한 물보라를 일으켰다.

나는 그 직전에, 쓰러지는 시늉을 하며 옆으로 크게 뛰어 폭발을 피했다.

"……엘피스자크."

폭연을 가르며 디오니스가 모습을 드러냈다.

옷이 더러워졌을 뿐, 거의 온전한 상태였다.

마안을 맞기 직전, 디오니스가 마력을 받아넘기는 게 보였다.

내가 다루는 검술『유검(柔劍)』은 디오니스에게 배운 것이었다. 30년이 지났어도 디오니스의 실력은 쇠하지 않은 듯했다.

"시답잖은 소릴 하면서 기뻐하는 건 상관없지만 말이야.

날 잊지 말라고."

"헛…… 부하의 원수를 갚겠다고? 그래봐야 어차피 자기 몸을 되찾으러 온 거지? 힘을 잃은 아마츠를 이용하다니, 너도 꽤나 얍삽하잖아!"

디오니스가 손가락을 튕기자 떠 있던 결정이 사라졌다.

"여, 아마츠. 너는 정말로 성장하질 않았네. 인간과 아인한테 배신을 당했다고, 이번에는 마족인가? 그만큼 지독하게 배신을 당해놓고도 어떻게 동료 같은 걸 또 만들 수 있는 거야? 상대는 마족, 그것도 전직 마왕이라고? 어째서 그런 상대의 말을 믿을 수 있는지, 나로서는 도무지 이해가 안 되네. 네 이용 가치가 사라진다면 또 배신당하고 살해당할 거라고는 생각하지 않나?"

실컷 입을 놀려대며 디오니스가 기세 좋게 지껄여댔다.

또 배신당하고 살해당한다?

그런 가능성을 생각하지 않았을 리가 있겠나.

"나는 결심했어."

나 혼자서는 복수를 완수하긴 어려우니까.

배신당할 리스크를 용인하고, 엘피와 손을 잡고서──.

"반드시 네놈들한테 복수하겠다고."

"아, 그래."

어이없다는 듯, 디오니스가 크게 한숨을 내쉬었다.

"너, 눈앞에 있는 게 누구인지 모르는 모양인데."

칼날을 이쪽으로 향하고 디오니스가 웃었다.

"마왕군『수 마장군』이자 귀족 최강인『수귀』."

무수한 물 탄환이 전개되었다.

"몇 분 뒤에, 다시 한 번 물어볼게. 대체, 누가 누구한테 복수한다는 건데? 라고 말이야!!"

제7화 『조소를 찢어발긴다』

——싸움이 시작되었다.

옥좌 주위로 전개된 물 탄환이 디오니스의 신호에 따라 일제히 발사되었다.

엘피와 시선으로 의사소통을 한 직후, 액셀과 강화를 동시에 사용하여 회피했다.

물 탄환이 땅에 착탄하고 터졌다.

"——『마안 회신폭』."

초인적인 신체 능력으로 물 탄환을 가볍게 피하며 엘피가 마안을 연발했다.

소규모 폭발이 연속해서 디오니스를 덮쳐들었다.

"전에도 말했지만, 이런 어린애 장난 같은 공격으로 나를 죽일 수 있을 거라고 생각해?"

"윽."

회신폭은 엘피가 시선을 향한 곳에 폭발을 일으킨다.

거의 시간차 없이 일어나는 공격을, 디오니스는 코웃음을 치며 흘려 넘기고 있었다.

엘피가 시선을 향한 곳이 어디인지를 눈으로 확인한 뒤에 행동하는 것이었다.

그래, 네가 그 정도는 할 수 있다는 건 알고 있었다.

그렇기에, 디오니스가 피하는 곳. 그곳을 향해서 나는 곧바로 번개 마법을 발사했다.

"이 정도로——."

들이닥치는 번개를 보고 코웃음 치며 디오니스가 물 탄환으로 대처했다.

그 순간, 움직임을 멈춘 디오니스를 향해 엘피가 마안을 쏘았다.

그때까지보다 위력과 규모가 큰 폭발이 일어났지만——.

"……과연. 역시 간단히 처리할 수는 없나."

그 폭발을 칼로 베어 날려버렸다.

손에 든 검의 칼날에 물을 두른 디오니스가, 그 칼을 휘두른 상태로 이쪽을 노려봤다.

"진부한 공격, 뻔히 보이는 연계. 하아. 정말이지, 어지간히도 실망시키잖아. 무언가 책략이 있어서 여기로 왔다고 생각했는데, 지독할 만큼 기대 밖이야."

디오니스는 한손으로 머리카락을 쓸어 올리며 중얼거렸다.

과장스럽게 한숨을 내쉬며 보란 듯이 낙담한 표정을 지었다.

"약한 사람을 괴롭히는 것 같아서 나도 괴롭지만, 이렇다면야 수 마장군으로서의 역할은 무사히 해낼 수 있겠네."

"……온다!"

디오니스가 훌쩍 뛰었다.

검을 들고서 내 쪽으로 돌진했다.

"약한 쪽부터 두들기는 게 정석이겠지?"
"칫."
위력을 높인 번개 마법을 발사했다.
보라색 번개가 뱀처럼 땅을 미끄러지며, 다가오는 디오니스에게 휘감겨들려고 했지만,
"그 시절이랑은 다르다고, 아마츠."
"……!"
그 직전에, 그의 몸을 투명한 물이 뒤덮었다.
고작 그것만으로, 디오니스의 몸에 직격한 보라색 번개는 산산이 흩어졌다.
"순수(純水)인가……!"
불순물이 포함되지 않은 순수한 물은 전기가 통하지 않는다.
전에 있던 세계의 이과 수업에서 배운 내용, 그것은 이 세계에서도 마찬가지였다.
숙련도 높은 마법사가 사용하는 수 속성 마법은 순수한 물을 만들어내어, 대처하기 거북할 터인 뇌 속성 마법을 튕겨낼 수 있다.
"30년 동안 네가 뭘 했는지는 모르겠지만, 나는 성장했거든. 머리가 텅 빈 상태 그대로 그저 열화된 너랑은 다르다고!"
"……으윽!"
디오니스가 휘두른, 물을 두른 검격을 간신히 받아냈다.

몸을 몇 겹이나 강화했음에도 일격을 받은 것만으로 뒤로 물러나버렸다.

아무런 마법도 사용하지 않고서도 귀족은 인간의 몇 배는 되는 완력을 발휘한다.

디오니스는 귀족치고는 근력이 낮은 편이지만 그럼에도 지금의 나로서는 미처 받아낼 수 없었다.

역시, 성가시구나.

유검을 사용해서 디오니스의 칼날을 간신히 흘려 넘겼다.

"유검 사용법이 엉망이잖아! 제대로 된 사용법을 보여줄까?"

"——그리 둘까보냐!"

자세가 무너진 내게 들이닥치는 디오니스의 공격. 뒤에서 마력을 모으고 있던 엘피가 그곳으로 끼어들었다.

마력을 두른 팔로 디오니스의 칼날을 받아내고 펼친 한 손으로 카운터를 날렸다.

"……그러고 보니 너는 육탄전도 가능했지."

뒤로 물러나서 주먹을 회피하는 디오니스.

놓치지 않고 엘피가 연속해서 주먹을 내질렀다.

그 틈에 나도 자세를 바로잡았다.

"하아아아앗!!"

"——유검."

가볍게 천장을 박살낸 전직 마왕의 주먹.

그 공격을 모두, 디오니스는 검으로 받아서는 흘려냈다.
카운터로 엘피의 몸통을 검으로 베어내려 하는 디오니스.
"——윽!!"
이번에는 내가 그곳으로 끼어들었다.
옆으로 휘두른 일격을 비취의 태도 칼날로 간신히 받아냈다. 움직임이 멈춘 디오니스에게 엘피가 마왕 펀치를 때려 박았다.
그제야 디오니스는 검을 들지 않은 한손을 사용했다.
유검을 체술에 응용하여 디오니스가 엘피의 주먹을 한 손으로 받아냈다.
"이런이런."
받아낸 주먹의 기세를 이용해서 디오니스가 후방으로 물러났다.
"놓칠까 보냐!"
간발의 틈도 없이 엘피가 마안을 쏘려고 했지만——.
"읏차."
그걸 막듯 물로 된 벽이 눈앞에 나타났다.
그때까지 디오니스가 만들어냈던 투명한 순수가 아니라 탁한 물의 벽이었다.
"엘피스자크. 네 마안을 상대에게 적중시키려면 대상에게 시선을 향할 필요가 있지. 그렇다면 그 시선을 막아버리면 제대로 목표를 노리지 못한다는 거잖아?"
벽 너머에서 들리는 디오니스의 비웃음.

"쓸데없는 잔재주를……!"

"엘피, 덕분에 살았어. 하지만 너무 앞으로 나서지 마."

"……그래."

"조급히 굴지 마. 순조로워."

순조롭게, 저 녀석은 나를 얕보고 있다.

조금 전부터 디오니스의 시선은 거의 엘피에게만 향하고 있었다.

첫 단계에서 엘피보다 내가 약하다는 사실을 저 녀석은 파악했다.

저 녀석은 가볍게 나를 공격하며 엘피가 틈을 보이기를 기다리는 것이었다.

아주 좋았다.

저 녀석이 엘피를 경계하면 경계할수록 내가 움직이기는 쉬워지니까.

눈앞을 막고 있던 벽이 사라지자 디오니스는 조금 떨어진 곳에 서 있었다.

검을 한손에 들고서 여전히 우리를 깔보는 시선을 보냈다.

그래, 인정하자.

현재의 우리에게 너는 상당히 성가신 적이다. 하지만 그렇기에 그 약점이 부각된다.

수준 낮은 상대에 대한 방심, 모멸, 오만.

자신이 우월하다는 것을 알 수 있는 자를 상대할 때, 저 녀석은 그 상대를 가지고 노는 버릇이 있었다.

여행 도중, 몇 번이나 루시피나에게 주의를 받은 네 결점이다.

30년이 지났음에도 다행히 고쳐지지 않은 모양이구나.

"엘피스자크 쪽은 뭐, 합격점이야. 하지만 말이야, 아마츠. 너는 좀 지나치게 약한 거 아냐?"

네놈한테 합격점을 받아봐야 하나도 안 기쁜데, 엘피가 그리 말했다.

"뭐, 같이 여행할 때부터 생각하긴 했다고? 너는 대단할 것 없는 잔챙이라고. 용사? 영웅? 세계를 구하겠다? 인간 따위가 무슨 잘난 척을. 류자스라는 무능한 녀석도 인간 주제에 최강의 마법사가 어쩌고 지껄여대니, 인간이라는 건 어지간히도 자기 분수를 모른단 말이지."

디오니스가 팔을 들어 올리고 영창했다.

"──『격류사(激流蛇), 트렌트 델루지』──."

그때까지의 물 탄환과는 달랐다.

거대한 물 덩어리가 생성되고 그것이 이무기 같은 형태가 되었다.

"──윽!"

"물러나, 이오리!"

꿈틀거리며 이무기가 기세 좋게 다가왔다.

저것에 휘말려들면 틀림없이 익사하겠지.

"그러고 보니, 아직 안 물어봤네. 어이, 누구한테 복수한다고?"

크게 웃음을 터뜨리는 디오니스를 무시하고 이무기에게서 도망치기 위해 달려갔다.

엘피는 도약하고 벽을 박차 방을 이동. 가볍게 회피했다.

하지만 나로서는 그렇게 움직일 수는 없었다.

물의 기세는 빨라서 그저 달리는 것만으로는 도망칠 수 없을 것이다. 물 탄환을 빠져나가기 위해 준비해둔 수단을 여기서 사용할까.

"……액셀 더블."

그때까지 사용하던 액셀에 또다시 『액셀』을 겹쳤다.

두 배가 된 민첩성으로, 들이닥치는 이무기를 회피했다.

"윽."

온몸이 삐걱거리고 몸이 터질 것만 같았다. 뿌득뿌득 근섬유가 끊어지는 감각이 느껴졌다.

『강마(强魔)의 팔찌』로 통상보다 상당히 민첩성이 올라간 상태지만 그만큼 부담도 커지고 만다.

팔찌의 약점이로구나.

"……하지만."

움직일 때마다 통증이 느껴졌지만 곧바로 그것이 치료되는 감각을 느꼈다.

이곳으로 들어오기 전에 마셔두었던 지속식 포션 덕분이었다.

지속적으로 회복되는 덕분에 더블 액셀의 부담을 경감시킬 수 있었다.

"앗하하하! 무리하는구나, 아마츠! 필사적이라는 게 고스란히 전해진다고!!"

이무기를 떼어놓고 옥좌 바로 앞에 서 있는 디오니스에게 다가갔다.

불과 몇 초 만에 간격을 좁히고 시간차 없이 베었다.

하지만——.

"네 태도는 뻔히 보이거든."

더블 액셀을 바탕으로 펼친 일격도 디오니스는 받아냈다.

"이것 참 그립네. 너한테 유검을 가르친 건 나였지. 뭐, 장래성은 없다고 생각했지만, 말이야!!"

"윽."

앞선 전개의 재탕. 자세는 무너지지 않았지만 나는 뒤로 튕겨났다.

웃으면서 디오니스가 들이닥쳤다.

"……이오리!"

"읏차!"

엘피는 나를 도우려고 했지만 디오니스가 이무기를 움직여 그녀를 덮쳤다.

검술과 마법의 동시 구사.

이무기로 엘피의 발목을 붙잡고 검으로 나를 몰아붙

인다.

……엘피, 아직이냐.

"아하하하하! 자, 아마츠! 까딱하다간 죽어버린다고?!"

"윽."

그저 디오니스의 맹공에 버티고 버텼다.

디오니스의 말대로, 나는 이 녀석에게 유검을 배웠다. 그렇기에 알 수 있었다.

이 녀석은 수준 높은 기술을 가졌지만, 지금 사용하는 것은 한없이 나를 얕잡아보고 힘에만 의지하는 공격임을.

열 번 가까이 부딪치며 내 숨이 차오르기 시작한 타이밍이었다.

"치잇――최대 화력의 마안으로 날려버리겠어!"

저 멀리서, 엘피의 참다 못 한 외침이 들렸다.

그 말대로 그녀가 높은 마력을 끌어올리는 것이 느껴졌다.

"――――."

디오니스의 주의가 엘피에게로 향했다.

마안을 막기 위해 한손으로 방어 마법을 전개하려고 했다.

"――하아아앗!!"

틈을 찔러 검을 휘둘렀지만 그럼에도 디오니스는 내 일격을 가볍게 막아냈다.

거기서 그치지 않고, 간격을 좁히고 전력을 실은 일격을 휘둘렀다.
"너 정도는 딴청을 부리면서도 대처할 수 있거든?"
그리 비웃으며 디오니스가 내 타이밍에 맞추어 검을 들었다.
그렇다. 조금의 틈도 없이, 완전히 내 타이밍을 포착하고 있었다.
——이 타이밍을 기다렸다.
"액셀 트리플——!!"
지금 휘두르고 있는 검. 그 검의 속도가 『액셀 트리플』로 더욱 빨라졌다.
내 타이밍을 완전히 파악하고 있었기에, 디오니스는 이 일격에 대처할 수 없었다.
"허?!"
칼날이 디오니스의 어깻죽지부터 옆구리에 걸쳐서 갈라놓았다.
선혈이 뿜어 나오고 디오니스가 몸을 뒤로 젖혔다.
"으……헉."
액셀 트리플의 영향으로 너덜너덜해질 것만 같을 정도의 부하가 몸에 걸렸다.
지속식 포션으로도 미처 커버하지 못하는 대미지였다.
"아아아아?!"
상처를 누르며 비명을 지르는 디오니스를 향해 다시 일격을 때려 박았다.

"그, 런 검술로!"
하지만 이번에는 대처했다.
액셀 트리플의 속도에도 디오니스는 따라붙었다.
"아마아아아츠!! 적당히 봐주니까 까불고 앉았어!"
피를 흘리며 내지르는 디오니스의 맹공. 이제까지와는 다른, 『기술』이 실린 일격에 공격이 튕겨나갔다.
액셀 트리플로 속도는 내가 위일 텐데도, 말이다.
하지만 그것도 지금뿐이다.
"저기, 디오니스. 상처를 잘 봐. 못 알아차렸나?"
"……허?"
어깻죽지에서 옆구리에 걸친 상처.
어느샌가 그 주위의 살점이 시커멓게 물들어 있었다.
"뭐…… 뭐야."
"……늪의 독이야. 수 마장군이니까 알고 있겠지?"
들어오자마자 있던, 그 보라색 독 늪. 그 독을 채취해서 비취의 태도 도신에 발라두었다.
가벼운 상처라도 독의 늪은 충분히 효과를 발휘한다. 마족이든 귀족이든, 이 독은 유효하게 작용한다.
"……내가 아무런 대비책도 없을 거라고 생각했나?! 이런 독은 금방 해독한다고!"
"——그리 둘까보냐!"
액셀 트리플에 더해 강화를 2중으로 더 걸었다.
뒤로 물러나려던 디오니스에게 혼신의 일격을 때려 박

았다.
"치이이이잇."
뼈가 부러지는 것도 개의치 않고 내지른 일격을 받아 내지 못하고, 디오니스는 크게 뒤로 날아갔다.
"멍청이가!"
거리를 벌린 것을 기회로 해독을 하려는 디오니스.
몸에 부담도 걸린 상태라 곧장 거리를 좁힐 수 없었다.
하지만, 계획대로.
이것으로 나도 **충분히 거리를 벌렸다**.
"——말했잖아? 나를 잊지 말라고."
이무기를 신체 능력만으로 피하던 엘피의 붉은색 시선이, 완전히 디오니스를 포착하고 있었다.
"체크메이트야, 디오니스."
"설마……!"
디오니스가 깜짝 놀라서 엘피에게 시선을 향했다.
이미 엘피는 마력을 모으고 준비를 갖춘 상태였다.
"시야가 좁네."
"자, 잠깐——."
그 필사의 외침도 공허하게.
"——『마안 회신폭』——."
격렬한 폭발이 디오니스를 집어삼켰다.

제8화 『——나는 절대로』

지옥 같은 홍련의 빛이 시야를 뒤덮었다. 굉음이 미궁을 흔들고 열풍이 휘몰아쳤다.

폭발이 가신 뒤, 폭연과 함께 눌어붙은 냄새가 방을 가득 채웠다.

"……어찌어찌, 잘 해냈나."

폭심지에서 떨어진 장소에서, 나는 거친 숨을 몰아쉬며 작전의 결과에 혼잣말했다.

디오니스와 방심과 과신을 이용한 책략——상당한 부담을 받았지만, 무사히 성공했다.

저 녀석은 바보 취급당하는 것을 극단적으로 싫어했다. 내가 일격을 가하면 열 받아서 시야가 좁아지리라는 것은 쉽게 상상할 수 있었다.

저 마안을 피했더라면 또 한 가지, 책략을 사용해야만 했을 테지만 다행히도 잘 풀렸네.

"……윽."

무리한 신체 강화로 뼈가 부러진 오른팔을 보고 얼굴을 찌푸리며 포션을 삼켰다.

마시고 몇 초 후, 오른팔과 전투 중에 다친 온몸의 근육통증이 조금씩 풀려갔다.

"괜찮나, 이오리!"

디오니스를 마안으로 날려버리자 물 이무기는 사라

졌다.

가로막는 것이 사라졌기에 엘피가 타박타박 이쪽으로 달려왔다.

"그래. 어찌어찌."

미궁으로 들어오기 전에 디오니스를 쓰러뜨리기 위한 책략은 생각해두었다.

엘피가 『큰 소리로 마안 발동을 선언』, 그 틈을 찔러 내가 디오니스에게 대미지를 준 다음 엘피의 마안으로 마무리를 날린다.

엘피의 선언에 살짝 부자연스러운 느낌이 있었지만 디오니스가 아무것도 알아차리지 못해서 다행이었다.

"강화 마법의 중첩…… 상당한 부담이 가해진 모양이네."

"전력으로 검을 휘둘렀더니 동시에 뼈가 부러졌어. 포션을 마셨으니 금방 낫겠지만."

그 상태로 무리를 했다면 아무리 그래도 죽었을 테지.

액셀 트리플 위에 한 번 더 중첩시키는 게 가능하지만, 절대로 하지 말자.

"……죽었나?"

폭연을 가리키며 엘피에게 물었다. 그 질문에 엘피는 고개를 가로젓고 말했다.

"마안으로 확인했는데, 마안은 직격했어. 귀족의 생명력이라면 즉사하지는 않았을 테지. 팔다리 몇 개는날아갔을지도 모르겠지만."

"음, 안심했어."

그 폭발로 죽어버려서는 내 마음이 풀리지 않으니까.

곧바로 죽어버리지 않도록 포션으로 가볍게 회복시키고 천천히 복수를 할까.

포션 덕분에 몸의 대미지는 점차 치유되는 것을 느꼈다. 최상위 포션을 마련해두길 잘했네.

"자, 그럼."

마침 전방의 폭연도 점점 걷혔다.

디오니스가 어느 정도의 대미지를 입었는지 확인할까. 카렌을 위해서『요석』도 회수해두자.

팔뼈가 회복된 것을 확인하고 일어선 순간이었다.

"이오──."

폭연 쪽으로 시선을 향한 엘피의 안색이 바뀌며 무언가를 외치려고 했다.

하지만 입을 벌린 직후, 바로 옆에 있던 엘피의 모습이 사라졌다.

"엘피!"

아니, 그게 아니었다.

그때까지 서 있던 장소보다 조금 뒤에서 엘피는 무릎을 꿇고 있었다. 복부에는 다수의 검이 박힌 상태였다.

"무슨 일이……!"

공격당했다.

그 사실을 이해하고 물러나려 한 순간이었다.

"……윽?!"

폭연 속에서 날아든 검에 왼발의 살점이 푹 파였다. 균형을 잃고 바닥에 쓰러졌다.

"크……."

처음으로 느껴진 것은 열기였다.

뜨겁다. 불로 지지는 것과는 또 다른 열기.

"으……으윽."

빠끔 벌어진 상처를 본 순간, 열기가 격통으로 바뀌었다.

도려져 나간 살점 사이로 몸 안을 잇는 신경이나 뼈가 엿보였다. 너무도 큰 격통에 시야가 몇 번이고 하얗게 깜박였다.

으스러질 정도로 이를 악물고서 수중의 포션으로 손을 뻗고———.

"허……어어어억……?!"

휙 바람을 가르는 소리.

이어서 파우치로 뻗은 오른손이, 날아온 검으로 땅바닥에 틀어박혔다.

손등을 칼날이 관통하고 있는 게 보였다.

손에 박혀 있던 검이 한순간 빛나는가 싶더니 흔적도 없이 소멸되었다.

남은 것은 구멍이 뚫린 오른손뿐이었다.

"뭐……야, 이건."

“……나도 참 추태를 보였어. 잔재주를 부리는 건 잔챙이의 전매특허인데 말이야.”
폭연에서 디오니스가 모습을 드러냈다.
“네놈…….”
엘피의 마안은 직격했을 터.
그럼에도 그의 몸에는 폭발에 따른 대미지가 전혀 없었다.
내가 벤 상처도 이미 막혀 있었다.
말도 안 돼. 그걸 맞고도 아무렇지 않다니, 그럴 리가…….
“……이걸 달아두길 잘했어.”
내 의문에 대답하듯 디오니스가 품속에서 꺼낸 것은, 한 장의 부적이었다.
다음 순간, 그 부적이 검게 타오르더니 너덜너덜하게 재로 변했다.
“『대역의 부적』. 기억하고 있으려나. 마왕성으로 뛰어들기 전에 너한테 주어져야 했을 터인 매직 아이템이야. 만약의 경우에 대비해서 주머니에 손을 넣어두길 잘했네.”
“장비품은, 네가 가지고 있었나……!”
“네가 미움을 사는 사람인 게 잘못이지. 네가 인망이 없었던 덕분에 목숨을 구했어.”
디오니스가 손을 휘둘렀다.
그 직후, 갑자기 그의 등 뒤에 검 한 자루가 나타났다.
그것이 혼자서 나를 향해 총알처럼 날아왔다.

"……윽."

쓸 수 있는 왼팔과 오른다리를 움직여서 회피 동작을 취했다. 미처 피하지 못해 칼날이 왼쪽 어깨를 도려냈다.

"허……윽."

칼날이 도려내는 격통에 마치 만취한 것처럼 시야가 일그러졌다.

저 녀석은 대체 뭘 한 거지……?!

"아마츠의 잔재주에는 딱히 할 말은 없지만…… 음, 엘피스자크. 너는 괜찮네."

디오니스의 시선이 엘피에게 향했다.

엘피의 복부를 여러 자루의 검이 관통했을 터인데, 어느샌가 그 검은 사라진 상태였다.

관통당한 게 분신체였던 덕분에 그렇게 큰 대미지를 받지는 않은 듯했다.

"그 마안, 멋진 위력이야. 전성기의 네게는 아득히 뒤처지지만…… 그런데도 최근 30년 동안 쓰지 않았던 보험을 내가 쓰게 만들었지. 놀랐어. 미안하네, 널 얕봤어."

"……닥쳐라."

"——그러니까, 너한테는 내 전력을 보여줄게."

디오니스에게서 감돌던 분위기가 바뀌었다.

밀폐되어 있을 터인 방 안에 바람이 불었다.

"우선, 첫 번째. 네가 귀족 최강이라는 사실의 증명이야."

디오니스의 이마——앞머리에 가려서 보이지 않았던 뿔

에 변화가 나타났다.

빠득빠득, 무언가 삐걱대는 소리가 울렸다.

그 직후, 디오니스의 뿔이 나이프 칼날 정도 길이로 뻗어 나왔다.

"——『귀화(鬼化)』. 신체 능력과 마력량을 일시적으로 극한까지 높이는 귀족의 오의야. 먼 옛날, 귀족이 아직 마왕군에 소속되어 있던 무렵에 전승되었던 기술. 현재의 얼빠진 귀족들 중에는 누구 하나 쓸 수 있는 사람이 없었지만——나는 이 경지에 다다랐다!!"

디오니스에게서 흘러나오던 마력의 양이 급증했다.

호리호리한 몸이 부쩍 커지는 것이 보였다.

"……예전의 사천왕『금강』이 사용했다는 비술인가."

짚이는 바가 있는지 엘피가 험악한 표정으로 중얼거렸다.

"그래그래. 굉장하, 잖아!!"

"?!"

순간, 디오니스의 모습이 사라졌다.

마치 순간이동 같은 속도로 엘피와의 거리를 좁혔다.

디오니스는 상단 자세로 검을 휘두르고 있었다. 엘피는 팔로 검을 받아내려고 했다.

"그 녀석의 공격을 받아내지 마!!"

디오니스의 자세를 보고 나는 무심결에 소리쳤다.

그러나 엘피보다도 디오니스 쪽이 빨랐다.

"제5귀검――『쇄충(碎衝)』."
"?!"
칼날이 엘피에게 닿은 순간, 우득하고 둔탁한 소리가 울렸다.
그 직후, 공격을 받아냈을 터인 엘피의 몸이 저 멀리 후방까지 날려갔다.
"으, 윽……."
바닥에 손톱을 박아 엘피는 기세를 죽였다.
큰 대미지는 아닌 모양이었지만 검을 받아낸 오른손은 축 늘어져 있었다.
"아마츠라면 알고 있겠지, 나의 이 기술."
"……귀검."
유검을 공격의 형태로 전환시킨, 디오니스의 독자적인 검술.
귀족이 지닌 압도적인 완력이 있어야 비로소 사용할 수 있는 기술이다.
"이해했나? 귀화를 사용한 나는 네놈들 정도야 쉽게 죽일 수 있어."
여봐란 듯이 검을 휘두르고 디오니스는 잔뜩 들떠서 이야기했다.
하지만 그 모습에 이제까지 같은 빈틈은 없었다.
"하지만, 아직 끝내진 않아."
거만하게 고개를 들고 디오니스는 어쩐지 증오스러워하

는 표정을 지었다.

"난 계속 마음에 안 들었거든. 그 파티에서 나만이 마법의 극한에 다다르지 않았다는 게 말이야."

"……뭐라고?"

"너한테는『용사의 증표』를 이용한 고유 마법이 있었어. 류자스는 로스트 매직을 쓸 수 있었지. 루시피나는 심상 마법의 사용자였어. 아무것도 가지지 않았던 건 나뿐이야."

하지만 그건 30년 전의 이야기라고, 디오니스는 간살스러운 목소리로 말했다.

"연구에 연구를 거듭하고, 수많은 인간을 실험체로 삼고, 내가 쓸 수 있도록 어레인지를 더해서!! ……나는 다다랐어. 마법의 극한, 그 너머에."

디오니스의 주위로 점점 마력이 모여들었다.

그리고, 자랑하듯, 디오니스는 그 마법의 이름을 입에 담았다.

"──『로스트 매직 블레이드 트리거』──."

그 순간.

서른을 넘는 숫자의 검이 디오니스 주위에 나타났다.

가까운 곳에서 보고서야 갑자기 나타난 검의 정체를 간신히 알아차렸다.

검을 어딘가에 감추었던 것이 아니었다. 디오니스는 자신의 마법으로 순식간에 **검을 만들어내는** 것이었다.

"로스트 매직……이라고."

상실 마법——로스트 매직. 심상 마법과 어깨를 나란히 하는, 마법의 도달점이라고 칭해지는 대마법.

많은 마법사가 목표로 하는 마법의 궁극점이다.

그것을 습득한 디오니스가 외쳤다.

"지금의 나는 과거의 네놈들을 능가한다!!"

외침과 동시에, 떠 있는 검이 내게로 향했다.

디오니스가 팔을 내리는 것과 동시에 모든 검이 탄환처럼 사출되었다.

"……윽."

"——너는 상처를 치유해!"

무수한 도신이 번뜩인 직후, 외침과 함께 엘피가 내 앞으로 뛰어들었다.

"——마완 괴렬단."

마력의 손톱을 사용해서 엘피는 검의 폭풍에 맞부딪쳤다.

엘피가 팔을 휘두를 때마다 복수의 검이 튕겨나가 마력의 입자로 변해 소멸되었다.

그 맹공에 검은 단 한 자루도 내게 닿지 않았다.

"흥. 물 탄환을 연발하는 거랑 아무런 차이도 없네."

"……그럴까?"

디오니스가 새로이 검을 추가로 만들어내어 발사했다.
검의 폭풍 너머에 있는 디오니스의 악의로 일그러진 표정을 보고, 나는 이해했다.
——저건 위험하다.
"피해, 엘피이이이잇!!"
"!!"
"늦었다고, 이 굼벵이야!!"
날아든 무수한 검. 그것을 엘피가 손톱으로 쳐내기 직전이었다.
모든 것이 일제히 꺼림칙한 빛을 발했다.
"——브레이크 매직."
희열이 담긴, 디오니스의 영창이 귓가에 닿았다.
그 직후, 모든 검이 폭발하고 시야가 하얗게 물들었다.

◆ ◆ ◆

"엘……피……!"
폭풍에 날아가서 땅바닥을 구르며, 나는 무슨 일이 벌어졌는지를 이해했다.
디오니스가 만들어내고 있는 저 검. 그것들은 모두 매직 아이템인 것이었다.
내부에 마력을 내포한 검——그러니까 당연히 브레이크 매직을 이용해서 폭발시킬 수 있다.

자신의 마력만으로 매직 아이템을 만들어 내다니, 그야말로 상식을 벗어난 수준이었다.

검 자체는 마력을 유지하지 못하고 몇 초면 사라지지만, 그럼에도 브레이크 매직의 위력을 생각하면 너무도 충분할 만큼 흉악했다.

"으……윽."

시야 저편에, 온몸에 큰 화상을 입은 엘피의 모습이 보였다.

무릎을 꿇은 모습이 당장에라도 쓰러질 것만 같았다.

"지금 그걸 맞고도 안 죽다니, 역시 전직 마왕이야! ……반면에 전직 용사는 꼴사납기 그지없네."

"이…… 자식."

디오니스가 나를 가리키며 웃었다.

"아하, 아마츠. 아직 싸울 생각인가?"

"당연……하지."

"포기하지 않는 마음은 대단하지만, 때로는 현실을 보는 것도 중요하다고?"

딱히 말할 것도 없이, 상황은 최악이었다.

나는 아직 검이 도려낸 상처를 치유하지 못했다. 엘피도 폭발을 고스란히 받아 상당한 대미지를 입었다.

……어떻게 하지.

어떻게 하면 이 상황을 뒤집을 수 있나.

무엇을 하려고 해도 우선 손발의 상처를 치유하지 않으

면 움직일 수 없다.

디오니스가 그걸 기다려줄까?

……그럴 리가 없지.

무사한 쪽의 손으로『일 아타락시아』를 전개하면.

……무리야.

로스트 매직을 막을 수 있을 정도의 강도는 아니다.

그렇다면 엘피에게…….

아니, 불가능하다.

그 폭발을 고스란히 받고 엘피는 움직일 수 없다.

"……윽."

"알겠냐, 아마츠. 너희의 패배야."

"디오니스……!"

"아하하하하하하하하핫!!"

지속식 포션의 효과로 상처가 조금씩 치유되고 있었다.

이 효력으로 적어도 다리가 치유될 때까지 시간을 번다면……!"

"아 · 마 · 츠! 좋은 제안이 있는데, 들어보겠어?"

"……뭐냐."

"땅을 기고 내 발밑에서 바닥을 핥으며『저는 영웅의 그릇이 아니었습니다. 이렇게 빌린 힘이 없다면 아무것도 못 하는 무능한 쓰레기입니다』라고 사죄한다면, 목숨만은 살려주지."

"웃기지……."

아니…… 잠깐만.

이건, 찬스다.

저 녀석을 만족시키고 그동안에 상처를 치유하면——.

"거짓말인데—."

"커……허억?!"

그 순간, 오른발에 검이 틀어박혔다. 그 충격에 피를 흩뿌리며 땅을 굴렀다.

"아하하하하핫."

나를 가리키고 배를 부여잡으며 디오니스가 큰소리로 웃었다.

"——살려줄 리가 없잖아?! 어째서 남이 하는 말을 무조건 믿을 수 있는 건데? 나로서는 이해할 수가 없다고."

"……윽."

"네게 살아있을 가치 따윈 없어. 하지만……."

너는 아니야, 라며 디오니스가 엘피에게 시선을 향했다.

"——전직 마왕인 너라면 달라."

"……무슨, 소릴."

"네가 널 마왕으로 만들어줄게. 아마츠를 버리고 나랑 손잡는 거야."

그 제안에 엘피가 노성으로 답했다.

"헛소리…… 마라!"

"나는 압도적인 힘을 손에 넣었지만 이것만으로는 부족하거든. 이 싸움으로 이해했어. 너라면 나와 손을 잡기에 충분한 가치가 있어.”
“누가…… 네놈 따위랑……!”
“아니, 잡게 될 거야. 너는.”
이것 참, 이라며 마치 분별없는 아이를 타이르는 듯한 말투 뒤.
엘피의 가슴에 검이 틀어박혔다.
“커……헉.”
“나와 아마츠. 어느 쪽이랑 손을 잡는 게 유리할지 네게 가르쳐주지.”
쓰러진 엘피에게 디오니스가 다가갔다.
그리고 벌어진 것은 싸움조차 성립되지 않는 일방적인 폭력이었다.

◆ ◆ ◆

“너는 오르테기어에게 복수하고 싶은 거겠지? 사실은 나도 오르테기어를 죽이고 싶거든.”
처음으로 엘피의 양쪽 눈을 한일자로 베었다. 마안을 봉쇄당하고 엘피가 신음했다.
“약한 주제에 잘난 척하더라고. 마음에 안 들어.”
그리고는 몇 번이고 몇 번이고, 디오니스는 엘피의 몸을 칼로 베었다.
“마왕군 녀석들도 뒤에서는 나를 『귀족 주제에』라며 비웃지. 그건 도저히 용서할 수 없어. 그러니까 마왕을 죽여서 내 힘을 보여주겠어. 후회하게 만들어주겠어. ……하지만 딱히 마왕이 되고 싶은 건 아니거든. 귀찮으니까 말이야."

작은 나이프 정도의 검이 엘피의 복부를 마구 헤집었다.

"그러니까 협력해준다면, 마왕 자리는 너한테 넘기지. 엘피스자크. 엘피스자크 **반** 길데가르드."

반. 그것은 마왕에게만 주어지는 칭호다.

서걱서걱 검으로 엘피를 베며 디오니스가 연거푸 속삭였다.

내 동료가 되라고.

"손을 잡아준다면 네게 입힌 부상은 곧바로 치료해주지. 내가 죽인 네 부하에 대해서도 사죄하겠어. 게다가 네 부하와 관련된 정보를 가지고 있으니까 그걸 가르쳐줄 수도 있어."

웃기고 앉았네.

하지만 엘피를 돕고자 내가 움직이려고 하면, 그 순간에 시간차 없이 검이 날아든다.

치명상을 피하는 것이 고작이었다.

어찌할 방도가 없다.

지금은 상처를 치유하는 것밖에…….

"굉장하네. 베어버린 안구가 벌써 회복되고 있어. 이게 최상위 마족의 힘이구나. 죽여도 되살아난다는 것도 거짓말이 아닌가봐."

그리 말하며 디오니스는 또다시 엘피의 두 눈을 베었다.

"……윽."

엘피는 비명을 지르지 않고 흐릿한 목소리를 흘릴 뿐이었다.

"최근 30년, 노예를 만드는 과정에서 배웠어. 아무리 강한 의지가 있을지라도 아픔에는 못 이겨. 죽음의 공포에는 저항 못 하지. 어느 누구도 스스로가 최우선이니까 말이야."

그리 위협하며, 한편으로는 다정하게 디오니스가 엘피에게 속삭였다.

"수치스러워 할 것 없어. 누구라도 그러니까. 아마츠를 배신해도, 아무도 널 책망하지 않아."

"…………."

"아픈 건 싫다. 누구라도 그건 똑같아. 그러니까, 알겠지?"

"…………."

"여기서 내게 계속 괴롭힘 당하는 것과 나한테 붙어서 또다시 마왕의 자리에 오르는 것. 너라면 어느 쪽을 선택하는 게 이득인지 알 수 있을 거야. 엘피스자크 반 길데가르드. 다시 한 번 그 이름을 가지고 싶지 않나?"

——그러니까 나와 손을 잡아라.

몇 번이나 디오니스가 엘피에게 그리 속삭였을까.

두 눈을 도려내고, 온몸에 검이 박히고, 칼날이 내장을 마구 헤집고.

이윽고 엘피가 입을 열었다.

"……정말로?"

"……응?"

"정말로…… 나를 마왕으로 만들어주는 건가?"

가냘픈 목소리로 엘피가 그리 말하는 게 들렸다.

"———."

사고가 정지했다.

"그래, 물론이야. 네 손으로 저기 굴러다니는 아마츠를 죽여준다면 내 동료로 인정하지."

엘피가 해방되었다.

온몸에 부상을 입고 거칠게 호흡하며 엘피가 이쪽으로 시선을 향했다.

베인 눈이 거의 회복되고 있었다.

"……엘, 피."

"———."

"엘피……!"

불렀다.

하지만, 대답은 없었다.

"아하하하하! 우리한테 배신당해놓고도 발전이라고는 없네! 30년이 지났는데도 아직 이해 못 했잖아! 어째서 모르는 거야?! 너 같은 쓰레기는 이용 가치가 없어지면 버려질 뿐이라고!!"

"……아……."

엘피가 일어섰다.
나를 보고 있다. 눈동자를 붉게 물들여 마안을 발동하고서.
살해당한다.
"…………윽."
리스크는 용인하고 있었다.
이렇게 될 가능성도 충분히 이해하고 있었다.
하지만, 이런 건.
그래도…… 엘피는 살 수 있는, 건가?
저 녀석의 말투를 보아 엘피를 이용하겠다는 게 사실이라면. 저 녀석이 살 수 있다면…….
헛소리.
설령 여기서는 살아남더라도, 저 녀석에게 기다리는 것은 이용당하다가 용도가 사라지면 살해당하는 미래뿐이다.
젠장, 나는 무슨 생각을 하는 거냐. 이런 곳에서 죽을 수는 없다.
아직 복수를 달성하지 못했다.
"————."
나는…… 나는, 또다시 배신당하고 죽는 건가.
"애당초 복수하겠다는 사람들끼리 친해지는 게 이상한 거야. 아마츠, 너는 그저 상처를 핥아줄 상대가 필요했던 거겠지? 그러니까, 또 그렇게 믿어버린 거겠지? 안 됐네!

그 결과, 너는 또다시 배신당하게 된 것이랍니다!"

비웃음이 울렸다.

"이오리."

"――――――――."

"나는 이런 곳에서 끝날 수는 없어."

죽는다.

그리 생각한 순간이었다.

"――하지만 동료를 배신할 바에야 죽는 게 나아."

"어……?"

엘피가 기세 좋게 몸을 빙글 돌렸다.

그녀의 시선은 어안이 벙벙하다는 표정인 디오니스를 향하고 있었다.

홍련의 빛이 디오니스를 날려버렸다.

멍하니 있는 내게 엘피가 다가왔다.

"지독한 표정이네, 이오리."

"……엘피."

"말했잖아?"

다정한 목소리였다.

어렴풋이 미소를 띠고,

"――나는 절대로 널 배신하지 않겠다고."

그래, 엘피는 말했다.

"……아."

떠올랐다.

나락 미궁에서 나눈 엘피와의 대화.

——네가 내 동료로 있는 한, 나는 너를 배신하지 않아.

확실히 그녀는 그렇게 말했다.

"웃기고…… 앉았네! 엘피스자크! 내가 내민 손에 침을 뱉다니!!"

날아간 디오니스가 내지른 분노의 외침이 울려 퍼졌다.

"죽인다……! 죽여주마!"

디오니스의 마력이 뿜어 나왔다.

이제까지 저 녀석이 얼마나 힘을 빼고 있었는지 알 수 있을 정도의 마력량. 우리가 만전의 상태였을지라도 저런 것에 이길 수 있을지 알 수 없었다.

"역시 그 일격으로는 쓰러뜨리지 못했나."

그럼에도 엘피의 음색은 묘하게 차분했다.

딱 한 번만 나를 돌아보고 다시 디오니스 쪽으로 시선을 향했다.

그리고 작게 한숨을 내쉬고는 이렇게 말했다.

"여기서 도망쳐, 이오리."

제9화 『잊고 있던 마음을』

——여기서 도망쳐.

엘피의 말에 굳어버렸다.

지금 우리에게 남겨진 수단은 철수뿐이었다.

그건 알고 있다.

하지만 그리 말한 본인에게 도망칠 생각이 없다는 것을 알았다.

"……너는 어쩌려고, 엘피."

"도망치면 저 녀석은 쫓아올 거야. 그러니까 둘 중에 하나가 남아서 시간을 벌 필요가 있어."

"……그러니까 네가 남겠다는 건가?"

힘이 들어가지 않는 몸에 채찍질을 하며, 항의를 하고자 엘피에게 손을 뻗었다.

그것이 닿기 전, 엘피가 한 걸음 앞으로 내디뎠다.

"……!"

그 직후, 무수히 많은 검이 이쪽으로 날아들었다.

눈앞에서 마안의 중력에 따라 땅으로 떨어졌다.

"헛! 이제 와서 논의 중인가?! 느긋하시네!"

엘피의 기습을 받고 디오니스는 상당히 냉정을 잃은 상태였다.

이쪽을 노려보며 주위에 무수한 검을 전개하기 시작했다.

"이오리. 빨리 도망쳐. 그다지 오래 버티진 못해."
"……남으면 어떻게 되는지 정도는 알고 있겠지?"
"그래, 알다마다."
쌀쌀맞게, 당연하다며 엘피는 고개를 끄덕였다.
"하지만, 잊어버린 건 아니겠지? 나는 전직 마왕이야. 살해당한다고 해도 시간이 지나면 되살아날 수 있어. 그러니까 걱정할 것 없어. 나는 괜찮아."
막대한 마력을 내포한 마족은 살해당해도 되살아날 수 있다. 그렇기에 엘피는 결계로 봉인되었던 것이다.
하지만…….
"되살아나려면…… 얼마나 걸리지."
"그러게. 지금 상태라면 600년만 있으면 부활할 수 있겠지. 봉인을 깨는 것까지 생각하면 천 년 정도일까."
대단한 일이 아니라고, 엘피는 평소와 다름없는 말투로 그리 말했다.
"뭐, 마족은 원래 오래 살아. 수백 년 정도야 아무것도 아니지. 하지만 이오리, 너는 나와는 달라. 너는 죽으면 끝이야."
죽으면 끝. 확실히, 그렇다.
하지만 봉인되는 건 네게 죽음보다도 무서운 일이잖아.
미궁 밖으로 나왔을 때, 엘피는 말했다.
――봉인 안은 세계와 격리되어 있으니까 캄캄하거든. 빛도 소리도 아무것도 없는 곳이었어.

담담한 말투로, 별로 신경 쓰지도 않는다는 듯이.

하지만 그렇지 않았다. 카렌의 저택에서, 엘피는 말했다.

——……홀로, 두지 마.

이것이 엘피의 본심이었던 거겠지.

오랫동안 빛도 어둠도 없는 세계에 홀로 갇혀 있었던 것이다.

그것이 얼마나 괴로운 일인지 나로서는 상상도 가지 않는다.

"———."

그걸 감추고서 엘피는 내게 도망가라고 했다.

무섭지 않을 리가 없는데.

엘피의 떨리는 목소리를 나는 알아차렸다.

"……웃기지 마. 너 혼자 두고 갈 수 있겠냐. 같이 가자!"

"말도 안 되는 소리를……! 오래 버티지는 못한다고 했잖아! 빨리 가!"

"——아마츠. 엘피스자크의 뜻을 헤아려주라고."

우리의 대화에 디오니스가 끈적끈적한 말투로 끼어들었다.

"도망치지 않는 게 아냐. 엘피스자크는 도망칠 수 없는 거야."

히죽히죽 웃으며 디오니스가 만들어낸 검 한 자루를 손에 들었다.

그리고 무언가를 베는 듯한 제스처를 취하며,
"내가 잔뜩 괴롭혀줬으니까 말이야, 그 녀석은 이제 도망칠 체력조차 안 남은 거라고!!"
"……윽."
분신체라고는 해도 통각은 있다.
그리고 상처를 수복할 때마다 마력을 소비한다고도 했다.
그렇게나 오랫동안, 디오니스의 공격을 받았던 것이다. 서 있는 게 고작일 텐데……!
젠장……!
잘 생각해보면 알 수 있는 거잖아!
"내 온정을 배신한 엘피스자크는 잔뜩 괴롭혀서 너덜너덜하게 만든 다음에 죽여주지."
"……이오리! 부탁이야, 얼른 도망쳐……!"
디오니스가 손가락을 튕겼다.
그 순간, 입구에 물의 결계가 발생했다.
"이런, 안 되셨네요!"
"……윽."
엘피가 마안을 발사했다.
희미하게 결계에 균열이 생겼지만 다음 순간에는 완전히 수복되었다.
"의외로 편리하네, 이 돌. 인간한테는 아까울 정도야."
"『요석』……인가."

디오니스가 손에 든『요석』을 만지작거렸다.
저건 결계의 효과를 강화하고 유지해주는 매직 아이템이다.
퇴로는 완전히 끊어졌다.
"이 멍청이……! 그러니까 빨리 도망치라고 그랬잖아!"
"처음부터 도망칠 생각 따윈 없었어……!"
"호오, 다정하네! 하지만 말이야, 나도 처음부터 놔줄 생각 따윈 없었거든!!"
지속식 포션 덕분에 다리의 상처는 치유되었다.
일어서는 것 정도는 가능하다.
마석을 사용해서 어떻게든 반격을——.
디오니스가 마검을 일제히 발사했다.
숫자는 50을 아득히 넘고, 그 검 모두가 꺼림칙한 빛을 발했다.
엘피의 마안을 돌파하고 정면에서 일제히 폭발을 일으켰다.
"『일 아타락시아』……!"
순간적으로 친 방패도 부서지고 시야가 빛으로 물들었다.
소리가 사라졌다. 몸이 허공으로 떠올랐다.
"크……억."
기세 좋게 바닥에 처박히고 호흡이 멎었다.
그럼에도 일어서고자 바닥에 손을 대는 것과 동시였다.

푹, 몸에 충격이 찾아왔다.

"어……으윽?!"

양손과 양발. 사지에 검 네 자루가 박혀 있었다.

칼날이 지면까지 관통하여, 나는 땅에 못 박힌 상태였다.

"어, 억."

목소리가 나오지 않았다.

몸 안을 꿰뚫은 철의 차가운 감각과 상처가 발하는 열기가 동시에 나를 덮쳤다.

차갑다. 뜨겁다 숨을 쉴 수 없다.

"마력을 듬뿍 담은 특별한 검이야. 금세 사라지진 않지."

시야 한구석으로 쓰러진 엘피가 보였다.

산산이 흩어지려는 의식을 유지한 것은 엘피의 존재를 확인할 수 있었기 때문이었다.

"……엘, 피."

박힌 검을 뽑으려고 몸에 힘을 실었다. 하지만 네 자루 검은 미동도 하지 않았다.

흘러나간 피는 뜨뜻하고 미끈거렸다.

"아직 남을 걱정할 수 있다니 놀라운데. 그렇게나 저 창녀가 걱정되나?"

"……윽."

"그러면 얼른 그 검을 뽑아야지. 네가 일어설 수 있다면 엘피스자크는 보내줄 수도 있다고?"

“……윽! ……윽!!”

“자, 시간 종료. 안 됐지만 엘피스자크를 괴롭히기로 할게!!”

여전히 쓰러져 있는 엘피에게 디오니스가 물을 발사했다. 발사된 물이 엘피를 방의 벽에 때려 박았다.

다음 순간,

“자, 오른손!!”

떠 있던 엘피의 오른손에 검이 박혔다.

손바닥과 벽을 관통하여 검이 엘피를 못 박았다.

“자, 계속 간다고?! 오른발!”

“……윽.”

“왜 그래, 아마츠! 경애하는 엘피스자크가 괴로워하잖아! 힘내야지!”

“이……자시이익!!”

살점이 찢어지는 것도 개의치 않고 검을 뽑고자 온몸에 힘을 실었다.

이를 악물고, 외치고, 마력으로 몸을 강화해도 검은 움직이지 않는다.

“엘피스자크. 아마츠는 널 돕고 싶지 않은 모양인데? 박정한 녀석이네. 네가 쓸데없이 목숨을 걸고서 감싸줬는데 말이야! 그럼, 다음은 왼발!”

“커……억.”

“자자, 왼손! 앗하하하하! 전직 마왕 표본의 완성이로

구나!"

엘피의 사지를 벽에 못 박았다.

분신체가 아닌 팔에서는 많은 피가 줄줄 흘러나왔다.

"그만……해."

"막고 싶다면, 그 검을 뽑으면 되잖아! 어째서 안 뽑는 건데?"

"……윽."

"으응? 도와줄 생각이 없나? 그럼 어쩔 수 없네. 계속 할게."

검을 만들어내고 엘피의 온몸을 꿰뚫었다.

엘피는 비명을 지르지도 않고 흐리멍덩한 목소리를 낼 뿐이었다.

"그냥 검을 꽂는 것만으로는 시시하지."

디오니스 주위에 나이프 정도의 작은 검이 나타났다.

그것을 발사하여 엘피의 복부에 찔러 넣었다.

"자자, 펑!"

"커……억."

박힌 나이프가 작은 폭발을 일으켰다.

엘피의 복부가 터졌다. 복부는 분신체이지만 통각은 있다.

엘피는 배가 날아간 고통을 느끼고 있었다.

"아아아아아아악!!"

검을 뽑을 수 없다.

힘이 부족하다.
"앗하하하하하하하핫!!"
디오니스의 비웃음이 들렸다.
"자, 폭발한다고?! 펑!"
"…………윽."
"네가! 내 말을! 안 들은 게! 잘못이라고?!"
검이 폭발한다.
엘피의 뺨을 칼날이 가른다.
분신체가 아닌 양팔을 작은 검으로 몇 번이고 몇 번이고, 디오니스는 집요하게 찔러댔다.
"결국에는 말이야, 아마츠. 너는 용사로서 빌린 힘이 없다면 아무것도 아냐."
부정하려고 발버둥 쳤지만 여전히 검은 움직이지 않았다.
"너는 노력한 것도 아니고, 특별한 뭔가를 한 것도 아냐. 그저 우연히 용사로서 소환되어 반칙 수준의 힘을 손에 넣었을 뿐이지. 그건 네 힘도 뭣도 아냐. 그러니까 그게 사라지면 너는 그저 잔챙이로 전락하는 거야."
검이 엘피를 상처 입힌다.
"걸작이네. 남한테 받은 힘으로 폼이나 재더니. 그게 사라지면 이렇게 추태를 드러낼 수밖에 없으면서."
검은 빠지지 않는다.
"너, 전에 그랬지. 지금까지 그저 흘러가는 대로만 사는 인생을 보냈으니까, 이 세계에서 그런 스스로를 바꾸고 싶다고. 무슨 머어어어엉청한 소리야? 너는 아무것도 바뀌지 않아. 우연히 받았을 뿐인 힘에 취해서는 거기에 휘둘렸을 뿐이라고."

또다시 검이 엘피를 상처 입힌다.

분신체를 유지하지 못해 노이즈가 끼었다. 그럼에도 주저 없이, 검은 엘피를 도려냈다.

나는 그저 바닥에 못 박힌 채로 보고 있을 수밖에 없었다.

"애당초 『전쟁을 끝내서 세계를 평화롭게 만들고 싶다』는 꿈도, 루시피나가 한 말에 영향 받은 것뿐이잖아? 너 스스로는 그런 거창한 건 생각도 안 하면서 말이야."

반론할 수 없었다. 이미 자각하는 바였다.

나는 그저 존경하는 루시피나의 말을 동경했을 뿐이었다.

"너는 그저, 자신은 선택받은 용사라며 도취해서는 싸구려 위선을 앞세웠을 뿐이야. 그러니까 우리한테 배신당했지. 너는 아무것도 보지 못했으니까 말이야! 세계를 구한다? 평화? 야, 다시 한 번 말해봐! 네 꿈이잖아?"

그것이 올바른 것이라고 생각했으니까.

그저 흘러가기만 하는 나라도 무언가를 이루고 싶다 생각했으니까.

나는――.

디오니스의 비웃음이 울렸다.

"……말 못 하는구나! 아하하하하하핫!! 자신의 꼴사나운 모습을, 자신의 왜소한 모습을 깨달은 너로서는! 그렇게 분수에 맞지도 않은 소리는 못 하겠지!"

"…………."

"계속! 너의 그런 유치하디유치해서 구역질이 나는 사고방식이 싫었어! 자기 힘도 아닌데, 스스로 얻은 이상도 아닌데!! 제 것인 양 그걸 앞세우고, 그러고는 세계를 구하려고 하다니 건방지기 짝이 없다고!"

"…………."

"너는 그랬지? 동료인 나도 상처받지 않도록 하고 싶다느니. 그 표현이 짜증났다고. 마치 내가 너한테 뒤처지는 것처럼 지껄여대고 말이야……!"

그러니까.

"——나는 네 모든 걸 짓밟겠어. 그대로 꼴사납게 땅바닥을 기면서 엘피스자크가 능욕당하는 걸 보고 있으면 돼. 옷을 찢고 알몸을 드러내서, 네 앞에서 범해주지. 경애하는 엘피가 지독한 꼴을 당한다니, 괴롭겠지, 분하겠지? 하지만 안 됐네! 아무런 힘도 없는 너로서는 아무것도 할 수 없었습니다!!"

……그렇다. 내게는 아무런 힘도 없다.

엘피를 구해낼 힘도, 이제는.

"그리고 잔뜩 괴롭힌 다음에 죽여주지. 이게 너의, 그저 흘러가기만 했던 인생의 결말이야.”

디오니스가 말한 그대로였다.

힘도 이상도, 남한테서 받은 것이다.

그저 흘러갔을 뿐, 스스로 손에 넣은 게 아니다.

“아……아아.”

피를 너무 흘렸는지 몸에서 힘이 빠져나간다.

아니, 그게 아니었다. 디오니스의 말에 기력이 꺾인 것이었다.

“나는 결국…… 그저 흘러갔을 뿐…….”

디오니스가 만면의 미소를 띠는 게 보였다.

하지만 무어라 대답할 말도 없다.

나로서는, 아무것도 할 수 없다.

검을 뽑는 걸 포기하려고 했을 때였다.

“——정말로, 그래?”

작은 목소리가 들렸다.

그것은 가슈의 서고에서 들은 것과 같은 말이었다.

“너는 정말로…… 그저 흘러가기만 했을 뿐이야?”

“……닥쳐라.”

입을 연 엘피에게 검이 박혔다.

커흑……하고 작게 숨을 토해내고는, 그럼에도 엘피는 말을 계속했다.

"30년 전…… 네가 싸웠던 건 정말로 남들을 따라 흘러 갔을 뿐이었나?"

"닥치라고!"

검이 엘피를 상처 입힌다. 하지만 엘피는 멈추지 않는다.

"그때——나락 미궁에서 너는, 나를 버리지 않았지."

토 마장군과 싸울 때의 이야기겠지.

나는 한 번, 엘피를 버리고 도망치려 했던 것이다.

"그때 도망쳤다면 너만은 살 수 있었을지도 모르는데."

"시끄럽거든?!"

짜증어린 디오니스의 공격이 엘피를 덮쳤다.

"네가 정말로……! 그저 흘러가기만 했다면, 나를 버리지 않았을까……!"

그건———.

"네가 몇 년이나 마왕군과 싸웠다는 걸, 나는 알아……!"

"———."

"흘러갈, 뿐이었다면! 계속 싸울 수 있을 리가, 없잖아!!"

"———."

엘피의 머리를 칼날이 스친다.

피가 뿜어 나와 엘피의 얼굴로 흘렀다.

"닥치라고 했잖아?!"

잡소리를 무시하고, 엘피는 마지막으로 다시 한 번, 내게 물었다.

"——정말로, 너는 그저 흘러갔을 뿐이었나?"

나는.

나는——.

————————————————————————
——————————————————————————
——————————————————————————
——————————————————————————
——————————————————————————
——————————————————————————
——————————————————————————
——————————————————————————
——————————————————————————
——————————————————————————
——————————————————————————
——————————————————————.

"……나는, 돕고 싶었어."
그렇게, 작게 대답했다.
——용사만 살아남는다면, 아직 희망은 있어.

그리 말하며 나를 감싸고 죽은 사람이 있었다. 나를 감싸고 상처 입은 사람이 있었다. 함께 싸웠던 동료가 상처 입는 것을 몇 번이나 봤다.

생각했다.

함께 싸우는 동료를.

상처 입고 괴로워하는 동료를.

류자스를, 디오니스를, 루시피나를, 돕고 싶다고.

계기는, 그저 그것뿐이었던 것이다.

그 후로 많은 사람을 봤다.

인간, 아인, 마족. 많은 사람들이 전쟁으로 상처 입는 것을 봤다.

세계를 구한다느니 평화롭게 만든다느니 전쟁을 끝낸다느니.

사실은 모든 사람을 구하고 싶다, 그런 거창한 기분은 아니었지만.

그런 이상들은 전부 나중에 가져다 붙인 것이었지만.

——수많은 이들이 우는 모습을 봤다.

상처 입고, 죽고, 소중한 사람을 잃고.

한탄하고, 슬퍼하고, 괴로워하며 우는 사람들의 모습을.

그들을 보고, 생각했다.

그 울음을 웃음으로 바꿀 수 있다면 얼마나 좋을지.

"세계 평화라니…… 확실히 가져다 붙인 핑계였어. 하지만, 눈앞에서 슬퍼하는 사람을 보고 도와주었으면 했던 건, 정말이야."

"아직도 그런 유치한 소릴 하는 거야? 정말로 구제할 길이 없네."

눈앞에서 상처 입은 동료를.

눈앞에서 슬퍼하는 사람들을.

웃음을 짓도록 만들려면 전쟁을 끝내는 것밖에 없다고 생각했으니까.

——영웅이 될 수밖에 없다고, 생각했으니까.

"이제 좀 깨달으라고, 아마츠. 그런 얄팍한 위선도, 정에 휘둘렸을 뿐인 시답잖은 쓰레기야."

이제 그런 잡소리는 귀에 들어오지 않았다.

힘은 받은 것.

이상은 가져다 붙인 핑계.

지금은 모두 다 잃고, 영웅 따윈 시답잖다며 웃어버리겠지만.

받은 게 아니고, 가져다 붙인 것도 아니고.

누군가를 따라 흘러간 게 아니라.

그때, 나는 분명히.

"——영웅이 되겠다고, 스스로 결정했어."

철이 부서지는 소리가 났다.

사지를 땅바닥에 못 박고 있던 검이, 정신이 드니 산산이 부서지고 있었다.

어느샌가 온몸의 상처는 뒤덮이고, 통증은 사라졌다. 자유로워진 손발을 들어올렸다.

"뭐야…… 내, 검이."

경악하는 디오니스를 향해 움직이려다가 쓰러질 뻔했다.

후들후들 다리가 떨렸다. 온몸에 힘이 들어가지 않았다.

이제는 마력도 남지 않았다.

"허…… 죽을 지경인 주제에 놀라게 만들기는. 됐어. 그럼 지금 눈앞에서 저 여자를 죽여주지!"

『블레이드 트리거』로 무수한 검을 창조했다.

그때까지의 장난과는 다른, 진짜 마력이 담긴 검의 폭풍.

그것을 엘피에게 발사했다. 포기한 듯 엘피가 눈을 감는 게 보였다.

지금의 나로서는 그것을 어찌할 수도 없었다.

웃기지 마, 몸에 힘을 실었다.

엘피를 죽게 둘 수는 없다. 저 녀석은 죽지 않았으면 한다.

——구하고 싶다.

"————."

시야에 노이즈가 끼었다.

세계가 회색으로 물들고 시야에 들어오는 움직임이 점차 완만하게 변한다.
엘피를 향해 발사된 검이 멈춘 것처럼 보일 정도로.
그 찰나, 회색의 시야에 남자의 뒷모습이 떠올랐다.
그것을 보고, 나는 무심코 중얼거리고 말았다.
"아아…… 그런가."
두 번째로 소환된 뒤, 몇 번인가 본 그 뒷모습.
그저 앞만을 응시하는 회색 머리카락의 청년.
그것은 가장 가까운 듯, 가장 먼 곳에 있던 존재.
그저 만연한 분노에 내몰려 스스로와 마주하는 것을 피했기에, 지금까지 몰랐을 테지.
그러나, 지금.
그 남자의 정체를, 나는 간신히 깨달았다.
――영웅 아마츠.
저건, 옛날에 살아있었을 무렵의 나다.
시답잖은 이상을 앞세우고 받은 힘을 휘두르고.
그럼에도 올곧게, 누군가를 도우려고 하는 내 모습이다.

――나, 아마츠의 등으로 손을 뻗는다.
힘은 잃었다.
이상도 잃었다.
그럼에도, 나는 엘피를 구하고 싶다.

"그러니까——."

재현해라.
예전의, 내 힘을.

조금도, 단 1밀리미터의 차이도 없이.
그러면, 내 힘은 저 녀석에게 닿는다.
엘피를, 구할 수 있으니까.

용사의 증표가 작렬하는 듯한 빛을 발한다.
가슴속의 뜨거운 충동이 점차 형태를 이룬다.
마력이 이끄는 대로, 나는 그 심상을 입에 담았다.

"——【영웅 재현(더 레이즈)】."

제10화 『영웅 재현』

"허…… 죽을 지경인 주제에 놀래게 만들기는. 됐어. 그럼 지금 눈앞에서 저 여자를 죽여주지!"

분노한 디오니스가 엘피스자크를 괴롭히기 위해서 억누르고 있던 마력을 해방했다.

마치 수면처럼 공간이 일렁이더니 꺼림칙한 마력을 내포한 검이 무수히 나타났다.

"잘 가라, 엘피스자크! 안심해, 아마츠도 곧바로 네 뒤를 따라갈 테니까!"

날카롭게 거슬리는 비웃음을 울리며, 디오니스가 팔을 아래로 휘둘렀다.

그것을 신호로 무수한 칼날이 탄환으로 변하여, 벽에 못 박힌 엘피스자크를 향해 발사되었다.

——여기까진가.

회피할 수 없는 죽음이 들이닥친다.

죽은 엘피스자크를 기다리는 것은, 소리도 빛도 없는 어둠이다.

몸이 떨리고 호흡이 거칠어진다.

그 어둠을 떠올리는 것만으로 몸이 움츠러든다.

벽에 못 박힌 자신은 이제 어떻게 해도 살아날 수 없다.

그러니까.

——그러니까 적어도 이오리는 살아남았으면 해.

마지막으로 그리 소망하고, 엘피스자크는 포기했다.
1초 앞의 죽음에 겁먹고 눈을 감았다.
"———."
그러나 충격은 없었다.
그저 바람을 느꼈다. 이어서 철이 부서지는 소리가 잇따랐다.
무슨 일이 벌어진 것인가.
당황하여 엘피스자크는 눈을 떴다.
자신에게 들이닥치던 모든 검이 산산이 부서져 있었다.
단 한 자루도 빠짐없이 완전히.
놀라운 현상. 그러나 엘피스자크의 의식은 다른 방향으로 향하고 있었다.
——열린 시야에서 불꽃이 일렁였다.
"———."
온화하고 따듯한 불꽃.
그것이 진짜 불꽃이 아님을 깨닫는 데에 몇 초의 시간을 필요로 했다.
조용하게 일렁이는 불꽃——그 정체는 잘 아는 소년이었다.
"이, 오리."
하지만 이오리가 발하는 투기는 평소와 전혀 달랐다.
전직 마왕인 엘피스자크마저 압도당할 정도의 중압감.
그것은, 그렇다.

——마치 그 어느 때의 영웅과도 같이.

"고마워, 엘피."

『홍련의 갑옷』——장비한 사람의 마력량에 따라서 홍련으로 물드는 면적이 늘어나는 마법복.

그것이 지금 빈틈없이 홍련으로 물들어 있었다.

불꽃같은 외투를 흔들며 이오리가 돌아봤다.

그리고 온화한 말투로 말했다.

"——이제 괜찮아."

그의 손에 들린 비취의 빛을 발하는 도검이 번쩍였다.

그 순간, 엘피스자크의 사지를 벽에 못 박고 있던 검이 부서졌다.

물을 향해 낙하한 직후, 몸이 둥실 떠올랐다.

정신이 드니 엘피스자크의 몸은 이오리에게 안겨 있었다.

그리고 단번에 방 입구 앞까지 도약하더니, 이오리는 엘피스자크를 부드럽게 바닥에 내려놓았다.

"…………."

여전히 침묵하며, 디오니스가 『블레이드 트리거』를 발동했다.

만들어낸 칼날을, 이오리를 향해 연사했다.

하지만——.

"제6귀검——『붕인(崩刃)』."

맞받아친 이오리의 검격으로 모든 검이 산산이 부서

졌다.

폭발할 여유조차 주지 않고 단숨에.

“어, 어어?!”

그 광경에 디오니스가 눈을 부라리며 외쳤다.

“뭐야, 그거……! 어떻게 귀검을 쓸 수 있는 거지?! 너, 힘을 잃었던 거 아니었냐?!”

“……뭘 놀라고 그래? 네가 가르쳐준 기술이잖아.”

동요하는 디오니스와는 달리 이오리는 더없이 차분했다.

그 모습에 디오니스가 분노했다.

“힘을 숨기고 있었나……?! 아마츠, 날 속였구나! 이 비겁한 놈!!”

이오리가 힘을 숨겼다고 생각하여 디오니스는 격앙해서 마구 소리쳐댔다.

하지만 엘피스자크는 깨달았다. 그가 두른 마력은 예전과는 조금 달랐다.

강력한 마력과 흔들림 없는 심상.

그 둘을 겸비한 자에게만 허락되는 영역.

로스트 매직과 어깨를 나란히 하는, 마법의 오의.

그 이름은,

“——『심상 마법』.”

——아마츠키 이오리는 지금 마법의 궁극에 다다랐다.

“허! 이제 와서 진심을 발휘해봐야 늦었어! 나는! 너를!

완전히 능가했으니까 말이야!!"

디오니스가 으르렁댔다.

모든 마력을 해방하여 주위에 무수한 검을 전개했다.

그것은 이제까지의 수량과는 비교도 안 되며 마력량 또한 막대했다.

"잠깐만 기다려줘. ——금방 끝낼게."

그것을 앞에 두고 이오리는 조용하게 말했다.

그 직후, 바람이 불었다.

동시에 눈앞에서 이오리의 모습이 사라졌다.

"끝나는 건 너다, 아마츠으으으으!!"

수 마장군이 발사하는 폭풍 같은 로스트 매직.

그 안을 심상 마법을 두른 전직 영웅이 달렸다.

"————."

이오리에게 부딪힌 칼날이 모조리 부서졌다.

한 번도 걸음을 멈추지 않고, 이오리는 순식간에 디오니스와의 거리를 좁혔다.

그 모습을 보고 디오니스는 등줄기가 서늘해지는 것을 느꼈다.

"——윽, 『브레이크 매직』."

당황하여 손가락을 튕기는 디오니스.

막대한 마력이 실린 마검들이 폭주를 일으키고 차례차례 엄청난 폭발을 일으켰다.

엘피스자크의 마안마저 능가하는 위력을 폭발을 앞에

두고 이오리는――.

“어, 어어어엉?!”

――폭발마저 제쳐놓고 디오니스의 눈앞으로 들이닥쳤다.

“――이 정도 속도로 닿을 거라고 생각했나?”

눈을 부라리는 디오니스를 향해 신속의 일격을 때려 박았다.

액셀 트리플조차 상대가 되지 않는 그 일격에 디오니스는 방어 자체를 취할 수밖에 없었다.

비취색으로 빛나는 태도의 일격을 받은 순간――.

“부어어억?!”

세계가 반전되었다.

어느 쪽이 위이고 어느 쪽이 아래인지 더는 판별할 수 없었다.

느껴지는 부유감에 간신히 자신이 공중에 떠 있다는 사실을 깨달았다.

“아니야, 말도 안 돼! 귀화한 내가 밀리다니!!”

물로 몸을 감싸서 충격을 죽였다.

정상적으로 돌아온 시야 안에서 이쪽을 향해 똑바로 달리는 그림자를 봤다.

“……오지 마, 오지 말라고!!”

귀화의 마력을 활용한, 대량의 검을 이용하는 물량 공격. 회피하지 못하도록 모든 방향, 타이밍에서의 난사.

그에 더해 시간차로 브레이크 매직을 발동해서 확실하게 마무리한다.

최근 몇 년, 디오니스는 이 수법으로 온갖 적들을 죽였다. 이것으로 마무리하지 못하는 먹잇감은 마왕군 사천왕 정도다. 그만큼 강력한 마법인 것이었다.

그럼에도,

"어째서 안 통하는 거야아아아?!"

모든 방향에서 날아오는 검은 모조리 빗나갔다.

검이 부서지고 브레이크 매직의 폭발마저 이오리는 갈라버렸다.

그때까지 희롱 당했다고는 생각할 수 없는 압도적인 마력과 완력.

이 힘을 디오니스는 알고 있었다. 수년 동안 함께 싸웠던 지긋지긋한 영웅의 힘이었다.

마력으로 강화된 몸은 귀족마저 능가하고 사용하는 마법은 마족마저 당해내지 못한다.

장비가 닿지 않도록 몇 중으로 공작을 펼치고, 강력한 마족 다수와 싸우게 해서 피폐하게 만들고, 속여서 독을 먹이고, 방심한 틈을 찌르고서야 간신히 죽일 수 있었던 괴물.

힘없는 인간이 가져도 될 힘이 아니었다.

"웃기지 마! 나는, 너희 열등종을 내려다봐야 한다고!!"

이런 현실은 인정할 수 없다.

저런 쓰레기가 자신을 뛰어넘다니, 그런 일이 있어서는 안 된다.

넓은 방 안에서 몇 번이고 백스텝하여 디오니스는 필사적으로 이오리로부터 거리를 벌렸다.

"——음, 그래."

검의 폭풍을 돌파하고 들이닥치는 이오리의 위치를 보고 디오니스의 얼굴이 미소로 일그러졌다.

그리고 새로이 무수한 검을 창조했다. 그 칼날이 향한 것은 이오리가 아니었다.

"경애하는 엘피스자크가 무방비하잖아?!"

벽에 기대어 싸움을 지켜보는 엘피스자크를 향해 디오니스는 검을 발사했다.

완전히 소모된 엘피스자크에게 그것을 피할 방도는 없었다.

그리고 구역질이 날 정도로 무른 저 남자는 몸을 날려 엘피스자크를 지키려고 할 것이다.

——그때 바로 찔러주마!

그 비전에 만면의 미소를 띤 디오니스는,

"——『스펠 디바우어』——."

순간적으로 방이 어둠에 집어삼켜지는 듯한 착각을 느꼈다.

"어……."

엘피스자크를 향해 날아가던 모든 칼날이 소멸되었다.

그것만이 아니었다.

디오니스가 등 뒤에 전개하고 있던 검이, 입구를 덮고 있던 결계가, 모든 마법이 순식간에 사라졌다.

"뭐, 뭐……."

이 기술을, 디오니스는 알고 있었다.

영웅 아마츠가 자유자재로 사용하던, 주위의 마력을 빼앗고 집어삼키는 고유 마법.

"——네 쪽이 훨씬 무방비해."

"히익."

이오리의 일격이 들이닥친다.

"유검 제5귀검——『쇄충』."

"야, 얕보지 말란 말이다——?!"

들이닥치는 일격에 대비하여 디오니스가 자세를 잡았다.

이오리에게 귀검을 가르친 것은 디오니스였다. 이 정도 공격은 손쉽게 대처할 수 있을 터.

이오리의 공격을 받아넘기고는 반격을 가하려고…….

"허억?!"

받아넘기려던 순간, 칼자루에 충격이 느껴졌다.

그 충격에 칼자루를 쥐고 있던 왼손의 손가락뼈가 부서졌다.

"갸아아아아아아아아아아?!"

일찍이 가르침을 청하는 이오리에게 우월감을 느끼고

즉흥적으로 가르친 검술.
반격기가 많은 유검을 공격으로 전환한 디오니스 고유의 검술——귀검.
이오리가 사용하는 그것은 디오니스 본인의 기술을 아득히 능가했다.
"말도 안 돼."
날아가며 디오니스가 마법을 펼쳤다.
"말도 안 돼, 이럴 리가 없어! 이런 건! 말도 안 된다고!"
검만이 아니라 물 탄환, 물 뱀, 자신이 쓸 수 있는 모든 공격을 마구잡이로 연발했다.
"———."
꺼림칙한 물 공에서 이무기를 풀었다. 영웅, 아마츠는 일격으로 처리했다.
수백 개의 수압 탄환을 발사했다. 영웅, 아마츠는 최소한의 움직임으로 회피했다.
최대의 마력으로 물살을 퍼부었다. 영웅, 아마츠는 한마디로 마법을 날려버렸다.
설령 전력을 다하여 덤빈다고 해도. 어떠한 간계를 사용하더라도.
영웅, 아마츠는 정면에서 수귀, 디오니스를 몰아붙인다.
능가하다니, 그것은 불가능.
환상은 보일 수 없다.
부정조차 허락되지 않는다.

어째서 구국의 영웅이라 불렸나.
어째서 마왕을 가장 몰아붙일 수 있었나.
그 무술이, 마법이 모든 것을 이야기했다.
"있을 수 없어! 이런, 이런 일은!"
부정을 입에 담을지라도 눈앞의 현실은 변하지 않는다.
그럼에도 디오니스는 그리 외칠 수밖에 없었다.
그 모습에 이오리가 비웃음을 담아 입가를 일그러뜨렸다.
"『포기하지 않는 마음은 대단하지만, 때로는 현실을 보는 것도 중요하다고』였던가?"
"……!"
"지금 네게 그 말을 그대로 돌려주지."
"아……아마아아아아츠!!"
마법을 날려버리며 이오리가 디오니스에게 들이닥쳤다.
오랜 단련 끝에 익힌 로스트 매직도, 수귀의 칭호에 걸맞은 수 속성 마법도 통하지 않는다.
있을 수 없다. 이상하다.
자신이 저 녀석을 내려다보고 있어야 할 텐데.
저 녀석은 땅바닥을 꼴사납게 기며 용서를 청해야 할 텐데.
"어째서, 어째서 네가 나를 내려다보는 거냐고오오오오!!"
다가오는 이오리의 시선은 싸늘했다. 마치 오물을 보는 듯한 눈빛이었다.
얕보이고 있다. 내가, 이 수 마장군이.

"아, 안 돼."
디오니스가 거부하듯 고개를 가로저었다.
"안 돼, 안 돼, 안 돼! 인간 주제에 나를 내려다보지 마아아아아아!!"
모든 마력을 실은 혼신의『블레이드 트리거』.
검 한 자루에 모든 마력을 싣고, 그런 상태에서 수 속성 마법으로 강화한 최대의 일격.
조금 전까지의 이오리와 엘피스자크라면 손쓸 도리도 없이 사라졌을 위력.
하지만.
"——저기, 디오니스."
한 번의 움직임.
그것만으로 그 일격은 흔적도 없이 사라졌다.
"히익."
"동료였으니까 아무래도 알아차리지 못했는데."
"그만해! 말하지 마! 말하지 마아아아!!"
그것은 디오니스가 가장 듣고 싶지 않았던 말이었다.
"——너, 의외로 약하네."
"아아아아아아아아아악."
인간이, 그것도 다름 아닌 아마츠가 자신을 내려다보고 있다.
그 현실에 디오니스가 절규했다.
"……영웅 시절의 내 역량으로 보자면, 말이지만."

자조 섞인 혼잣말은 귀에 들어오지 않았다.

"이런, 이런 건 이상해! 어찌 생각해도 잘못되었다고!"

문답무용. 눈앞으로 이오리가 들이닥쳤다.

"잠깐…… 잠깐잠깐잠깐잠깐잠깐만!"

『스펠 디바우어』로 빼앗은 마력을 검에 실어, 똑바로.

"알았어! 돌려줄게! 이거 돌려줄 테니까!"

주머니에 넣어두었던 『요석』을 꺼내어 이오리에게 내보였다.

하지만 멈추지 않는다.

"사사사, 사과할게! 잘못했어! 내가 잘못했으니까!"

그러나, 멈추지 않는다.

"그, 그래! 이, 이 녀석들은 어떻게 되어도 상관없다는 거냐!"

손가락을 튕겨서 대량의 여성을 가두어둔 결정을 밖으로 꺼냈다.

안에 들어 있는 여성은 절망과 괴로움 속에서 이미 숨이 끊어졌지만, 그럼에도 이오리는 멈출 터.

디오니스는 위협하고자 손을 들었지만 이미 눈앞에 검을 든 이오리가 있다는 사실을 깨달았다.

"히익. 잠깐, 잠깐잠깐잠깐잠깐잠깐만!"

"————."

"동료! 우, 우리는 동료잖아! 몇 년이나 같이 여행했잖아! 그런 동료를, 너는 죽이려는 거야?! 자, 아마츠, 옛날에는 자주——.”

빠른 어조로 지껄여대는 헛소리.

“——너는 그만 좀 닥쳐라.”

그것을 잘라버리고 압도적인 마력을 두른 검을 휘둘렀다.

“히이아아아아아아아아악?!”

공간이 일그러지는 감각.

그것만을 느끼고, 디오니스의 의식은 날아갔다.

제11화『디오니스 하베르크』

——얕보이는 것을, 참을 수 없었다.

마왕군에게는 배신자라 매도당하고, 인간이나 아인에게는 신용할 수 없다고 경원시된다.

그런 운명을 짊어진 귀족으로 나, 디오니스 하베르크는 생을 받았다.

귀족은 다들 선천적인 뿔 두 자루가 있다. 두 자루 뿔로 마력을 제어하는 것이다.

그러나 내 이마에는 뿔이 하나밖에 없었다.

마법을 사용하는 데에도 다른 마족보다 상당한 노력이 필요했다.

몸도 약해서 연하에게마저 힘으로 지고 만다. 웃기지도 않은 몸이다.

『뿔이 하나라도 너는 어엿한 내 아들이다.』

큰 몸집밖에 내세울 게 없는 주제에 쓰레기 같은 아버지는 내게 그리 말했다.

『디오니스. 네가 건강하기만 하다면 나는 기쁘단다.』

뿔이 하나 없는 만큼 이미 건강한 게 아닌데도, 그런 것도 이해 못 하는 멍청한 어머니는 그리 말하며 내게 미소 지었다.

『오빠! 나한테 마법 가르쳐줘!』

뿔이 둘 다 있는 주제에 내 특기인 수 속성 마법조차 빼앗으려드는 빌어먹을 여동생은 응석부리는 목소리로 그리 말했다.

"웃기지 마."

마을 녀석들은 죄다 뿔이 하나밖에 없는 나를 동정했다.

그것이 마음에 들지 않아서 지독한 짜증을 느끼고 구토가 치밀었다.

뿔이 없는 결함품인 나를 어느 놈이고 바보 취급 해대니까.

"어느 놈이고 나를 내려다보니까."

그런 시선을 받는 게 참을 수 없었다.

그래서 나는 온갖 것에 손을 댔다.

내게는 재능이 있었다. 검도 마법도 체술도 조금 연습한 것만으로 남들 이상의 실력이 붙었다.

마법 제어와 근력은 기술로 보충했다.

불과 몇 년 만에 나는 마을 최강이 되었다.

뿔 하나만큼의 핸디캡이 있음에도 마을 녀석들은 나보다 약했던 것이다.

정말이지, 웃음이 다 나온다. 어느 놈이고 무능한 쓰레기였던 거니까.

오히려 내가 동정을 할 정도라고.

『디오니스는 굉장하네. 항상 노력하고…… 엄청 멋있어.』

그런 나에 대해서 아무것도 모르는 주제에 잘 안다는 듯이 다가오는 소꿉친구 창녀, 샤레이가 마음에 안 들었다.

그로부터 얼마 후, 나는 최강의 물 사용자──『수귀』라 불리게 되었다.

쓰레기장의 쓰레기들한테 숭배 받는 건 그런대로 기분 좋았지.

그 후로 내 시선은 귀족 바깥으로 향했다.

언제까지고 나, 귀족을 얕보는 열등종들이 짜증났다.

그때부터 나는 결심했다. 나 이외의 모든 것을 내려다보겠다고.

짓밟고 욕보이고 비웃어주자고.

그래서 인간 주제에 잘난 척하는 아마츠를 배신했다. 루시피나의 유혹에 응하여 마왕군에 붙기로 했다.

힘이 없으면 아무것도 못 하는 쓰레기 주제에 잘난 척하며 남한테 받은 이상을 이야기하는 아마츠가 기분 나쁘다.

인간 주제에 나보다 강하다니, 있어서는 안 될 일이다. 저 녀석도 마을 녀석들과 마찬가지로 나를 동정하며 내려다보고 있다.

바로 그렇기에 배신당했을 때의, 그 울상인 얼굴을 보았을 때에 마치 절정에 다다른 것처럼 느껴질 만큼 기분 좋았다.

자신은 이용하는 쪽이라고 생각하는 류자스를 내버렸을 때도, 상쾌했다.

과거에 아마츠가 구했던 인간이나 아인들을 학살한 것은, 자칫 버릇이 되어버릴 정도의 쾌감이었다.

다른 종족만이 아니라 내게 굴복하지 않았던 귀족은 모조리 죽여버렸다. 부모도, 여동생도, 울부짖는 모습을 비웃으며 엉망진창 고깃덩어리로 만들어줬다.

용모만큼은 괜찮았던 샤레이는 절망과 격통 가운데 죽이고 표본으로 만들었다.

땅바닥을 기며 내 신발을 핥은 베르트거만은 일단 살려뒀다.

『염귀』라며 주제에 맞지도 않은 칭호를 가진 건 마음에 안 들었지만.

언젠가는 죽여주겠노라 생각했기에 연옥 미궁에서 죽었다는 소식을 들었을 때에는 낙담했다.

아마츠를 죽인 공적으로 마왕군의 거점, 미궁을 맡는 지위까지 이르렀다.

하지만 이런 곳에서 끝낼 생각은 없다. 마왕성에서 잔뜩 거들먹거리는 마왕을 죽이고 나를 내려다보는 모든 종족을 짓밟아주겠다.

『귀화』를 쓸 수 있게 되었다.

로스트 매직도 습득했다.

지금의 나는 누구에게도 지지 않는, 최강의 존재다.

이제까지 남들이 나를 실컷 내려다봤으니, 지금부터는 내가 그들을 내려다볼 것이다.

인간도 아인도 마족도 모두 노예로 만들어주겠다.
모든 것을 짓밟고 절망 속에서 죽여주겠다.
그리고 모든 것을 충족시키고, 나는 편안하게 죽는 것이다.
마력이 되다니, 참을 수 없다. 만족스러운 죽음을 맞이하고 명계에서 자아를 계속 지키는 것이다.
나는 디오니스 하베르크라는 존재로 계속 남는 것이다.
그렇기에 나는 반드시 행복한 죽음을 맞이하겠다.
그것이, 그것이야말로———.

"———어?"

몸이 흔들려 눈을 떴다.
어째선지 온몸이 아프다.
어찌된 영문인지, 마력이 결핍된 상태다.
"나는, 뭘……."
기억이 애매하다.
천천히 눈을 떴다.
"——안녕, 디오니스."
그리고 시야에 들어온 것은——.
악마 같이 상냥한 미소를 띤 아마츠의 모습이었다.

◆ ◆ ◆

"히익."

내 얼굴을 보고 디오니스가 작게 비명을 질렀다.

뒤로 물러나려고 했지만 다리를 묶고 있는 쇠사슬이 그것을 막았다.

쇠사슬에 걸려 땅바닥에 쓰러졌다.

"뭐, 뭐야, 이거."

"쇠사슬이야, 보면 알 거 아냐?"

도망치지 못하도록 태평하게 자는 사이에 묶어뒀다.

"……읏! 아, 안 부서져?!"

디오니스가 파괴하려고 힘을 실었지만 쇠사슬은 절그렁 소리를 낼 뿐이었다.

"……읏! 아마츠, 나는 어떻게 할 생각이냐?! 대, 대체 뭘……."

"진정해. 일단 자기 이마를 확인해보면 어떨까?"

"이마……?"

의문을 드리우며 디오니스가 이마로 손을 뻗었다.

그리고 그곳에 있어야 할 것이 없다는 사실을 깨달은 모양이었다.

"아……아아아아?!"

"네 뿔, 의외로 물렁물렁하던데. 엘피가 살짝 움켜쥔 것만으로 부러졌어."

"내 뿔이이이잇?!"

귀족에게 뿔은 상당히 중요한 기관이다.

귀족은 그 뿔로 마력을 조정한다.

그러니까 뿔이 없어지면 지금까지와 같은 마법은 사용할 수 없게 되어버린다.

"어, 어째서 이런……!"

"일어나자마자 공격하는 건 곤란하니까."

"그렇다고 해도, 너무 지독하잖아! 이, 이러면 더 이상 마법을 쓸 수 없다고?!"

머리카락을 흐트러뜨리며 디오니스가 울부짖었다.

자다가 깨서 그런 건지는 모르겠지만, 웃기는 소릴 하네.

"안심해, 디오니스. 조금만 있으면 마법을 못 써도 더 이상 곤란할 일은 없을 테니까."

"어……?"

"엘피."

신호를 내린 순간, 디오니스의 몸이 허공으로 떠올랐다.

공중으로 끌려 올라간 디오니스가 비명을 질렀다.

"히익……!"

"흠. 편리하네, 이 쇠사슬."

쇠사슬 끝은 공중에 떠 있고 마력에 응하여 반응했다.

지금은 엘피가 그걸 제어하고 있는 것이었다.

"네게 어떻게 복수할지 꽤나 고민했어."

"보, 복수……?"

허공에 매달려 있는 디오니스에게 천천히 이야기를 건넸다.

“순수하게 고통을 줄지, 지속식 포션으로 오랫동안 괴롭힐지. 아니면 늪의 독을 먹일지…….”

“나, 나한테 그런 짓을 할 생각이냐?! 어떻게 된 거 아냐!!”

“……그래. 그러니까 그런 지독한 수단을 사용하진 않을 거야. 너한테 어울리는 건, 『물』이지.”

신호를 내렸다.

그 순간, 엘피가 제어하는 쇠사슬이 움직여 허공에 매달린 디오니스를 물속으로 떨어뜨렸다.

“마침 이 방에는 대량의 물이 있으니까 그걸 활용하지 않을 이유가 없잖아.”

“어, 흑.”

물에 처박힌 디오니스가 물속에서 발버둥 쳤다.

다리가 묶인 탓에 디오니스는 팔을 버둥버둥 움직일 수밖에 없었다.

이윽고 숨이 끊어지고 저도 모르게 물을 들이켰을 참에, 자신의 몸에 찾아온 변화를 깨달은 듯했다.

“어……흑. 우, 우억?! 어어어억!!”

자유로워진 손으로 배를 누르고 필사적으로 절규했다.

그동안에도 대량의 물을 마셔버린 모양이었다.

“어어억…….”

“흥.”

눈을 까뒤집은 참에 엘피가 끌어올렸다.

땅바닥에 내동댕이쳐진 디오니스가 터무니없을 정도로 많은 양의 물을 입에서 토해냈다.

"……이오리. 차마 못 보겠는데."

"조금만 참아줘."

미간을 찌푸린 엘피를 향해 쓴웃음 짓고, 쿨럭쿨럭 물을 토해내는 디오니스에게 시선을 향했다.

물을 토하며 배를 누르고 괴로움에 몸부림쳤다.

그저 물을 마신 정도로는 이렇게까지 괴로워하진 않겠지. 하지만 지금 디오니스에게는 조금 특별한 처치를 해두었다.

"뭐…… 뭐야, 이거?!"

"자는 동안에 네 위장에 뭘 좀 해뒀어."

위장에는 음식물을 소화한다는 역할이 있지만, 갖추어진 기능은 그것만이 아니다.

기능 가운데는 음식을 조절해서 십이지장으로 보내는 것이 있다.

위장 말단에 있는 『유문』이라는 부위의 기능인데…… 치유 마법을 사용해서 그쪽의 기능을 의도적으로 작동하지 않게 해놓았다.

그러니까 지금의 디오니스는 물을 마시면 십이지장까지 다이렉트로 들어가 버린다는 것이다.

창자로 기세 좋게 물이 들어간다. 그것이 얼마나 괴로

울지는 상상하기 어렵지 않았다.

"유문……? 내, 내 위장……?"

자세하게 설명해줬건만 디오니스는 제대로 이해하지 못한 듯했다.

"그러니까 원하는 만큼 실컷 물을 마실 수 있다는 거야."

"……저, 저기, 아마츠. 아까부터 대체 무슨 소릴 하는지 모르겠는데. 나, 나를 대체 어떻게 할 셈이야……?"

"그야 뻔하잖아?"

상황을 이해하지 못하는 디오니스에게 나는 정중히 설명해줬다.

"——지옥의 괴로움을 느끼게 해준 다음, 처참하게 죽여줄 거야."

디오니스가 표정에 절망을 가득 드리운 것을 확인한 뒤, 엘피에게 또다시 물속으로 떨어뜨리도록 했다.

◆ ◆ ◆

"억…… 어윽."

디오니스가 버둥버둥 물속에서 몸부림쳤다.

쇠사슬이 다리를 묶고 있으니 그나마 자유로운 팔을 휘두를 수밖에 없다. 뿔이 부러진 탓에 쇠사슬을 파괴할 수도, 또한 마법을 사용할 수도 없다.

"아……아마츠! 살려……!"

애써 고개를 들어 필사적으로 숨을 들이마셨다.

그 사이에 구원을 청하는 게 참으로 우스꽝스러웠다.

아까 전까지의 기세등등하던 모습은 어디로 가버렸는지.

"너는 『수 마장군』이고 『수귀』였지. 칭호에 온통 물이 붙어 있잖아. 물을 좋아하는 거 아니었나?"

"어흡! 가, 어어억."

"이건 우리가 주는 선물이야. 실컷 물을 마셔봐."

"……읍! ……읍!"

아무래도 무척 마음에 드는 모양이네.

"그만……! 딱히, 물을 좋아하는 게 아니라고?!"

"흠, 수귀여. 사양할 거 없는데?"

고개를 든 디오니스에게 엘피가 마안을 사용했다.

힘을 조절한 『중압궤(重壓潰)』로, 호흡하려고 든 고개를 물속으로 집어넣었다.

물속에서 마구 발버둥 치는 디오니스를, 엘피는 지독히 차가운 표정으로 보고 있었다.

물을 마시지 않으려고 입을 닫았지만, 호흡이 괴로워지자 디오니스를 입을 열고 만다.

그럴 때마다 대량의 물을 마시고 괴로움에 몸부림친다.

그 과정의 반복이었다.

엘피도 익숙해져서, 디오니스가 힘이 다하기 조금 전에 마안을 해제했다.

기절하지도 못하고 디오니스를 물을 먹으며 괴로워했다.

"으, 거어억."

디오니스가 중력을 거슬러 필사적으로 고개를 들려고 했다.

"왜 그래? 열심히 고개를 들어보라고."

"히익…… 히익……."

"『너희 열등종을 내려다봐야 한다고』 그랬잖아? 그렇다면 고개를 들어야지, 안 그러면 못 내려다보잖아?"

"……읏!"

내 말에 아직 짜증스러워할 기력이 남아 있었나보다.

이를 악물고 고개를 들며 이쪽을 노려봤다.

"음, 미안해. 그래서야 어찌 하더라도 나를 『올려다볼』 수밖에 없겠네?"

"아마츠! 웃기지읍…… 커흑."

말하는 도중에 디오니스가 물속으로 가라앉았다.

"업…… 훅…… 허억허억……."

그 후로 15분 정도 지났을까.

디오니스는 이미 오열을 흘리며 우리에게 구원을 청하고 있었다.

머리카락은 엉망으로 흐트러지고, 얼굴은 물과 눈물과 콧물과 침으로 범벅이 되어 있었다.

이대로 계속 끌어봐야 재미없겠지.

그래서 엘피에게 신호를 내려, 손을 뻗으면 아슬아슬하게 발판에 손이 닿도록 옮겨놓았다.

"잘 됐네. 손을 뻗으면 물속에서 고개를 들 수 있을 건데?"

"윽……!"

이제는 말을 꺼낼 여유도 없는 듯했다.

울상 그대로, 디오니스가 손을 뻗었다.

필사적으로 얼굴을 수면 위로 들며, 어떻게든 발판에 손이 닿은 타이밍에——.

"갸악?!"

발판을 붙잡은 손을 나이프로 가볍게 찔렀다.

통증에 손을 움츠리고는 또다시 물속에서 발버둥 치게 되었다.

"어, 어째서……?"

"살고 싶은 거잖아? 그럼, 노력해봐."

"————."

내 의도를 디오니스는 깨달은 듯했다.

처음부터 발판을 붙잡도록 둘 생각 따윈 없었다.

"~~~~~~!!"

그것을 이해하고서도, 디오니스는 손을 뻗을 수밖에 없었다.

이따금 엘피가 마안을 사용해서 물속으로 집어넣었으니까.

괴로움에서 도망치고자 잡을 수 없는 발판으로 손을 뻗

었다.

“내가 있던 세계에서는 지금 너 같은 녀석을 가리켜서 『물에 빠지면 지푸라기라도 움켜쥔다』고 그랬던가.”

발판을 붙잡는다. 나이프로 찌른다.

발판을 붙잡는다. 나이프로 찌른다.

“그만…… 손이! 아파, 아프다고!”

“양팔 양다리에 검이 박혔던 상대를 앞에 두고, 고작 나이프로 찔린 정도 가지고 잘로 우는 소리를 하는구나.”

“커헉…… 읍.”

디오니스의 양손은 자상으로 너덜너덜해지고 수면이 붉게 물들었다.

“죽어! 죽어죽어죽어죽어죽는다고…….”

이윽고 발판을 붙잡을 악력도 사라진 모양이었다.

손을 뻗지도 못하고, 디오니스는 또다시 물속에서 버둥거릴 수밖에 없는 처지가 되었다.

자. 슬슬, 다음 단계인가.

“우억…… 쿨럭…… 우에에에엑.”

또다시 디오니스를 물속에서 끌어올렸다.

구토를 하듯 입에서 대량의 물을 토해냈다.

“역시 수 마장군이야. 마법도 안 쓰고 입에서 물을 뿜어

낼 수 있다니."

"살려…… 살려줘……!"

내 말은 귀에 들어오지도 않는지 필사적으로 목숨을 구걸하기 시작했다.

"훔쳐간 돌은 돌려줄게! 더, 던전 코어도, 엘피스자크의 몸 일부도 주겠어! 다른 배신자에 대해서도 가르쳐줄게! 아마츠! 아, 아니, 아마츠 님! 용서해줘……! 용서해주세요!!"

"……음. 이오리, 이렇게 말하는데."

"그럼 우선은 그 배신자에 대한 이야기를 들어볼까."

술술, 디오니스는 동료의 정보를 수다스럽게 팔아넘겼다.

대부분이 이미 류자스의 기억에서 빼낸 것이었다.

하지만 수확은 있었다. 그 자리에 있던 녀석들 이외에도 루시피나와 디오니스에게 협력한 녀석이 있었나보다.

그 이름은 제대로 기억에 담아두었다.

"그리고, 무언가 다른 정보는 없나?"

"이, 있어! 있어요! 엘피스자크 님의 동료에 대한 이야기인데……!"

"……호오."

엘피의 동료는 확실히 오르테기어 일당에게 학살당했다.

하지만 전원이 죽지는 않았던 모양이다. 숫자는 모르겠지만 학살이 벌어지는 곳에서 도망친 자가 있다나.

"………….."

엘피스자크는 눈을 감고 생각에 잠기듯 입을 다물어버렸다.

"자…… 잔뜩 이야기했으니까! 살려주세요!"

"……그러네. 그럼 디오니스. 좋은 제안이 있는데, 들어보겠어?"

"들을게! 들을 테니까 들려줘!"

고개를 마구 끄덕이는 디오니스.

어쩔 수 없기에 제안을 건넸다.

"땅바닥을 기고, 나를 올려다보고 바닥을 핥으면서 『저는 수준 낮은 상대를 괴롭히는 것밖에 못 하는 무능한 쓰레기입니다. 배신해서 정말 죄송합니다』라고 사죄한다면, 목숨만큼은 살려주지."

"뭐……."

그 제안에 새파랗던 디오니스의 얼굴이 살짝 붉어졌다.

뭐, 마음속으로는 격노하고 있을 테지.

수준 낮다며 내려다보던 상대에게 그런 걸 하라는 말을 들었으니.

어찌 나올지 보고 있자니.

"————윽."

디오니스가 땅바닥을 기었다.

그리고는 부들부들 떨며 바닥으로 혀를 뻗었다.

눈물을 흘리며 바닥을 날름날름 핥고,

"저……저는 수준 낮은 상대를 괴롭히는 것밖에…… 못 하는…… 무, 무능한 쓰레기……입니다. 배……배신해서, 배신해서……. 죄송, 하, 합니다……!"

정말로 내가 시킨 말 그대로 사죄를 했다.

조금, 놀랐는데.

이 녀석은 프라이드가 높은 만큼 "그런 짓을 할 수 있겠느냐"라며 화를 내는 경우도 생각했는데.

이런 짓까지 해서라도 살고 싶은 모양이었다.

"아, 아마츠, 님……! 시키는 대로 했으니까…… 사, 살려, 주시겠죠?"

"그래."

비굴한 웃음을 띠며 디오니스가 손을 뻗었다.

"——거짓말이야."

비취의 태도로 녀석이 뻗은 팔을 잘랐다.

"억……?"

"살려줄 리가 있겠냐. 아까 네가 그랬잖아. 『어째서 남이 하는 말을 무조건 믿을 수 있는 건데? 나로서는 이해할 수가 없다』라고."

"허어…… 아아아아아아?!"

"나도 이해 못 하겠네. 이 마당에 이르러서, 아직도 자신이 살아날 수 있을 거라고 믿는 네 정신머리를 말이야."

"파, 팔이이이이이이?!"

팔을 누르며 디오니스가 울부짖었다.

"그때, 나를 배신하지 않았다면 이렇게 되지는 않았을 텐데. 게다가."

"아아아아아아아아아아."

이어서 턱, 하는 소리가 났다.

뚝뚝, 붉은 덩어리가 비처럼 주위로 떨어졌다.

"허어?"

디오니스의 다른 한쪽팔도 손목부터 사라진 상태였다.

"——내 부하를 죽이지 않았다면, 이렇게 되지 않았을 텐데 말이야?"

엘피가 눈을 붉게 물들이고서 그리 말했다.

"어……브, 브……브."

붉은 거품을 뿜고서 디오니스가 경련하기 시작했다.

정보도 들었고 상당히 괴롭히기도 했다.

앞으로 두 단계만 더 밟고, 끝을 내자.

파우치에서 마석을 꺼냈다.

마석으로 마력을 대신하며 나는 디오니스의 머리로 손을 뻗었다.

◆ ◆ ◆

"아."

장치가 끝났을 무렵에 디오니스가 눈을 떴다.

그와 동시에 잘려나간 팔의 통증에 신음을 흘렸다.

디오니스는 지금 큰 대자 상태로 허공에 매달려 있었다.

이 녀석이 그때까지 잔뜩 만들었던 표본처럼.

"슬슬 끝내기로 할까, 디오니스."

"으으……! 잠깐만…… 죽이지 마……! 우린, 동료잖아……?"

"……너무 웃기지는 말라고. 동료일 리가 없잖아."

작게 비명을 지르고, 디오니스가 엘피스자크에게 시선을 향했다.

"내가 잘못했어. ……! 며, 명령받은 거야! 네 동료를 죽이라고, 오르테기어가……! 전부 그 녀석 잘못이야!"

"……이오리. 류자스라는 남자도 그랬는데, 네 지인이라는 녀석은 어째서 이다지도 깔끔하게 죽지를 못하는 거야?"

내가 알고 싶다.

"죽기 싫어, 죽기 싫어"라며 디오니스가 울부짖었다.

"너희는 항상 그렇더군. 타인을 짓밟고 상처 입힐 때에는 깔깔 웃어대는 주제에, 막상 자신이 그 입장이 되면 울면서 구원을 청하기 시작하지. 저기, 너는 그렇게 구원을 청한 녀석을 살려준 적이 있나?"

부들부들 몸을 떨며 디오니스가 소리쳤다.

"……윽! 나는 말이야, 천재라고! 인간이든 다른 아인이든, 그런 열등종과는 달라! 쓰레기를 청소하는 게 뭐가 나쁘다는 건데!"

"……마지막 부분에는 동감이야. 너라는 쓰레기를 청소하는 것에, 나는 아무런 죄책감도 느끼지 않아."

"히익……!"

최후의 마무리다.

움직일 수 없는 디오니스를 향해 비취의 태도를 내밀었다.

"30년 전, 너는 마왕성에서 내 가슴을 꿰뚫었지. 그 빚을 여기서 갚도록 하겠어."

"히익?! 싫어! 싫어싫어싫어! 그런 짓을 하면 죽어버리잖아!"

"그래, 죽는 거야, 너는. 이대로 가슴을 꿰뚫리고 물속 깊은 곳에 잠겨서."

"죽어버려!! 죽기 싫어, 죽기 싫어 죽기 싫어! 나는 만족스러운 죽음을 맞이할 거야! 행복하게 죽고 싶어! 나는 명계로 갈 거라고오오!! 죽기 싫어, 그만해애애애애애애애!!"

푹, 검이 가슴을 꿰뚫었다.

"허, 흑."

숨을 토해내고, 디오니스의 몸이 힘을 잃었다.

쇠사슬을 다리에 매단 채, 디오니스는 물속으로 떨어졌다.

수면을 붉게 물들이며 물속 깊은 곳으로 사라졌다.

"저걸로 됐나?"

그리 물든 엘피를 향해 고개를 끄덕였다.

"그래. 아깝기는 하지만, 필요한 일이니까."

◆ ◆ ◆

죽인다죽인다죽인다죽인다죽인다죽인다죽인다죽인다!

물속으로 잠겨들며, 어금니에 감춰두었던 포션을 씹어서 으깼다.

만약의 경우에 대비해서 마련해두었던 최후의 보험.

가슴에 뚫린 치명상의 상처가 서서히 덮이고 조금씩 마력이 회복된다.

죽인다죽인다죽인다죽인다, 아마츠도 엘피스자크도 모두 죽여버린다 절대로 용서하지 않아 죽인다죽인다죽인다죽인다.

손목을 앞으로 향하고 물속을 나아갔다.

뿔이 없어도 아주 약간만 마법을 쓸 수 있다면 그걸로 충분했다.

손목을 향한 방향으로 마법을 사용하여 조금씩 앞으로 나아갔다.

나는 『수 마장군』이며 『수귀』다.

이 정도의 궁지는 간단히 빠져나가주마.

방에 있던 물 안쪽에는 밖으로 통하는 비밀 통로가

있다.

그곳까지 헤엄쳐서 갈 수 있다면, 내 승리다.

상처를 치유하고, 그 두 사람을 죽여주마.

내가 느낀 수천 배의 고통을 주마.

뭐가 복수냐, 원수를 갚는다는 거냐, 멍청이들이. 제대로 끝을 내지 않으니까 이렇게 되는 거야, 무능한 놈들아.

나는 반드시 만족스러운 죽음을 맞이할 것이다.

이런 곳에서 죽을까보냐. 명계로, 나는 명계로 갈 거다.

비밀 통로가 보였다.

저기로 탈출해서, 나는——.

"————."

뭐지?

시야가 한순간, 하얗게 물들고…….

"——윽?!"

시야, 가득히, 눈이 펼쳐져 있었다.

~~눈눈~~.

모든 눈이 나를 보고 있다.

나를 내려다보고 있다. 비웃고 있다, 바보 취급 하고 있다.

그만, 그만그만그만!

"히익."

휘두른 팔. 그곳에 빼곡히 눈이 달려 있었다.

아니, 그것만이 아니다.

옷, 피부, 모든 곳에 눈이 있다. 전부, 나를 내려다보고 있다.

"아아아억어커흑."

호흡이 흐트러지고 물이 입 안으로 들어온다.

숨을 쉴 수 없다.

"어흐어어어억!!"

물이 위장 안으로 들어온다.

차가워아파아파아파아파차가워아파아파!

"으거어어어어어억?!"

한가득 펼쳐진 눈 때문에 비밀 통로가 보이지 않는다.

어디가 앞이고 뒤이고 위고 아래인지도 모르겠다.

물이 들어온다.

눈이 나를 내려다보고 있다.

그만그만그만그만그만해!!

"으으으읍!"

입을 닫아도 산소를 원하여 금세 열려버린다.

그때마다, 물이 들어온다. 의식이 희미해졌다.
“허……어어어억.”
그럼에도 눈이 사라지지 않는다.
눈만이 선명하게 계속 남아 있다.
싫어.
말도 안 돼, 이런 일이 있을 리가 없어.
싫어싫어 죽기 싫어 죽기 싫어 죽기 싫어!
“으어어……어어……억.”
나는 만족스러운 죽음을 맞이할 거야!
나는 『수귀』 디오니스 하베르크라고?!
이렇게 무참히 죽고 싶지 않아.
싫어, 무서워무서워살려줘, 누가 살려줘, 나를 살려줘!
루시피나, 류자스, 아마츠, 엘피스자크, 누구라도 좋으니까 제발!
어두워어두워어두워어두워무서워무서워무서워무서워!
“버, 어어어어억!!”
내가 잘못했어, 배신한 내가 잘못했으니까!
부탁이야, 부탁드립니다, 아마츠 님 엘피스자크 님 살려주세요, 부탁드려요!
루시피나 때문이다, 그 녀석의 감언이설에 넘어갔으니까, 아아아아아아, 싫어싫어 말도 안 돼, 그때, 배신하지 않았다면, 이런 건 싫어싫어 누가 나를 살려——.
“어.”

죽기 시——.

◆ ◆ ◆

——세뇌 마법.

올리비아에게서 훔친 기술을 디오니스에게 사용했다.

디오니스의 뇌 안에 강렬한 이미지를 심어준 것이었다.

그 녀석은 다른 이들이 내려다보는 것을 싫어했으니, 『내려다보는 안구』의 이미지를 잔뜩.

그 때문에 가지고 있던 마석을 대량으로 사용하고 말았다. 시간도 상당히 걸렸고.

가슴을 찌를 때, 일부러 급소를 피했다. 죽지 않도록 치유 마법도 살짝 걸었다.

어째서 그리 했느냐면, 저 녀석을 공포와 절망 속에서 죽이고 싶었으니까.

"……윽."

마력의 결핍과 극도의 피로.

그 때문에 의식이 멀어지고 있다.

이래서야 의식을 그리 오래 유지할 수도 없겠네.

"끝났네."

"……그래."

고개를 끄덕이고, 수면으로 시선을 향했다.

디오니스.
너는 확실히 만족스러운 죽음을 맞이하고 싶었던 거구나.
사후의 세계——명계로 가기 위해서.
명계로 가는 조건은 후회 없이 만족스러운 죽음이다.
"여, 디오니스."
잠잠해진 수면을 향해 나는 물었다.
"만족스러운 죽음을, 맞이할 수 있었나?"

물어볼 것까지도 없을 테지만.

제12화 『결정의 결과를 믿고』

눈을 뜨니 금발 여성이 내 얼굴을 들여다보고 있었다.

"윽?!"

"꺅!"

무심코 몸을 일으키는 바람에 서로 이마를 부딪치고는 괴로워했다.

그 통증으로 의식이 또렷해져서, 내가 카렌의 저택에 있다는 사실을 깨달았다.

"으으……."

눈물을 글썽이며 머리를 누르고 있는 것이 카렌이라는 사실도.

그 후로 나는 던전 코어를, 엘피는 자신의 몸을 회수했다.

수중의 포션을 모두 사용해서 억지로 몸을 움직이고 있었지만, 거기서 한계가 왔다.

나는 그 자리에서 기절해버렸던 것이다.

"두 분이 살아계셔서, 정말로 다행이에요……!"

금발을 흔들며 카렌이 떨리는 목소리로 그리 말했다.

카렌의 이야기에 따르면, 카렌이 지휘하던 병사가 우리를 이곳까지 옮겨다준 모양이었다.

미궁이 정지하자마자 공황 상태가 된 몬스터들이 미궁

밖으로 도망쳤다.

그것을 기다리고 있던 그들이 전멸시키고, 그 후에 미궁 안으로 발을 들였다고 한다.

내부의 독 늪은 던전 코어가 사라지자 무해하게 변했다고.

다른 함정도 움직이지 않았다. 미궁이 정지하고 반나절 정도 만에 우리는 구출되었다나.

그로부터 이틀 이상, 나는 잠들어 있었다고 한다.

"……그렇구나. 엘피는……?"

방 안에 엘피의 모습은 없었다.

그 녀석은 나보다 더 디오니스에게 시달렸다.

포션을 마신 뒤에는 나와 함께 디오니스에게 복수했지만…….

설마, 그런 생각이 들었지만.

"엘피 씨는 이오리 님과 포개지듯 쓰러져 계셨어요."

"……그래서, 지금은?"

"반나절 정도 전에 깨셔서, 지금은 식사 중이세요."

……그래, 괜찮은 모양이네.

"마을 쪽은, 괜찮나요?"

"예. 지금은 진정되었어요."

하지만 역시 디오니스의 습격으로 몇 명인가 희생자가 나왔다는 모양이다.

두 영지가 휘말려들어, 지금은 부흥 작업을 진행하는 중이라고 카렌은 말했다.

"……그런가요."

"그런 표정 짓지 마세요. 이 정도 피해로 그친 건 이오리 님과 엘피 씨 덕분이니까요."

그리 말하는 카렌의 표정에는 피로는 있어도 전 같은 절망은 느껴지지 않았다.

"두 분 덕분에 제 영지…… 아니, 많은 사람들이 구원받았어요. 게다가 제국을 위협하던 미궁도 정리해주셔서…… 정말로 감사합니다."

머리를 숙이는 카렌을 보고 말문이 막혔다.

나는 그저 복수를 위해서 움직였을 뿐이었다. 이렇게까지 감사를 받을 자격 따윈, 없다.

"……그렇지. 이거, 수 마장군한테서 되돌려 받았어요."

"『요석』……!"

디오니스를 죽이기 전에 제대로 회수해두었다.

카렌이 받아든『요석』을 손에 들고 눈을 내리깔았다.

"미궁이 사라졌으니까 이제 와서 드려도 의미가 없을지도 모르겠지만……."

"아뇨."

카렌은 고개를 가로젓고 말했다.

"이 돌은『백성을 지키고 싶다』는, 저희 레이포드 가 사람의 의지가 담긴 결정이에요. 되찾아주셔서 감사합니다."

"그런, 가요."

"하지만…… 그런가."

카렌이 『요석』을 안아들며 문득 중얼거렸다.

“이제, 미궁을 봉인하지 않아도 되는 거군요.”

기운이 빠진 듯 카렌이 무릎을 꿇었다.

“그런가…… 그런가…….”

뚝뚝, 그녀의 눈에서 눈물이 떨어졌다.

부모가 죽고 불안정한 가운데에서 미궁에 대처해야만 한다.

그 무거운 짐에서 해방된 한 여성의 오열을, 한동안 나는 듣고 있었다.

◆ ◆ ◆

화염이 발사되었다.

나란히 놓인 희생자의 유해가 순식간에 불타올랐다.

검은 연기가 하늘로 피어오르는 것이 보였다.

디오니스와 휘하의 몬스터에게 희생된 사람들. 그리고 디오니스에게 표본이 되었던 여성들의 장례가 치러지고 있었다.

“…………….”

결정에 갇혀 있던 사람들은 이미 숨이 끊어진 상태였다.

나랑 엘피로서도 그녀들을 구할 방법은 떠오르지 않았다.

그녀들이 갇힌 뒤로 세월이 몇 년이나 흘렀을 테지.

디오니스의 말로 미루어보면 가족이나 친구, 살던 마을은 이미 없을 것이다.

구조되었다고 해도 그녀들을 괜히 괴롭게 만들기만 하지 않았을까.

"……아니."

그건 산자가 멋대로 생각하는 논리다.

그 누구도, 죽고 싶지 않았다. 살기를 바랐을 터.

내가 구했으니까 몰살했다고 디오니스는 말했다.

살해당한 사람들은 나를 원망하고 있을까.

모르겠다.

나로서는 그저 그녀들의 평온한 영면을 기도할 수밖에 없었다.

"……실례합니다."

갑자기 등 뒤에서 목소리가 들렸다.

그곳에 서 있던 것은 모르는 여성과 소녀였다.

"당신이, 수 마장군으로부터 어머니를 해방해주셨어요."

"…………."

표본이 된 여성 중 하나가 이 마을에 살고 있던 사람의 모친이었나 보다.

눈앞의 두 사람은 마왕군의 습격을 당하기 전에 마을에서 떠났다나.

"어머니를 해방해주셔서…… 감사합니다."

여성은 머리를 숙였다.

"…………."

여성 옆에 있던 소녀가 내 옷자락을 붙잡으며 말했다.

"할머니를 구해줘서 고마워!"

푸른 하늘로 검은 연기가 피어올랐다.

저 멀리, 저 높은 곳까지.

◆ ◆ ◆

카렌의 저택에서 눈을 뜬 뒤로 사흘이 흘렀다.

그동안에 디오니스로부터 얻은 정보를 바탕으로 카렌에게서 복수 대상의 소재를 파악했다.

"그분이라면 지금은 교국에서 고아원을 운영하고 계신다고 해요."

"……고아원, 인가요."

"예. 지도를 보면…… 이 부근이겠네요."

카렌이 가리킨 장소에 다음 복수 대상이 있다.

그것도, 둘.

부부로서 그곳에서 살고 있다나.

"두 분 모두 옛날에는 상당히 우수한 연금술사였다고 해요. 지금은 의지할 곳 없는 아이들을 거두어서 기르는 성부와 성모 같은 분이라고 들었어요. 이오리 님 일행의 지인인가요?"

성부와 성모, 라고.

"……예. 그런 셈이에요."

그래, 30년 지기 지인이지.

"그렇군요. ……하지만 이 부근에는 묘한 소문이 도는 장소가 있으니까 조심하세요."

"묘한 소문……?"

어디까지나 그저 소문이지만, 이라는 전제를 두고 카렌은 말했다.

"이 부근에서 몇 번인가――『영웅 아마츠』가 목격되었다나 봐요."

그것은 그야말로 예상 밖의 말이었다.

"………….."

"……호오."

두 분이라면 무슨 일이 벌어지더라도 괜찮으시겠지만요, 라며 카렌이 쓴웃음 지었다.

◆ ◆ ◆

레이포드령을 떠나서 우리는 동쪽으로 걷고 있었다.

"수도에서 우릴 부르러왔는데 안 가도 괜찮은 건가?"

며칠 전, 레이포드령으로 황제가 보낸 사자가 왔다.

미궁을 토벌한 우리를 한 번 만나고 싶다는 것이었다.

"감사라는 건 명목일 뿐이지, 어차피 이것저것 캐묻기만 할 거야. 가봐야 시간 낭비겠지."

그래서 우리는 그것을 정중하게 거절했다.

황제 측이 잘 이해해준 덕분에 억지로 끌려가지도 않고, 이렇게 다음 목적지를 향해 나아가고 있었다.

"우물……우물."

옆에서 엘피가 뭔가를 씹는 소리가 들렸다.

덥석덥석 먹고 있는 건 구운 오징어, 문어, 조개에 소스를 발라서 꼬치로 꿴 음식이었다.

그걸 아까부터 몇 개나 먹고 있어서 손이랑 입이 소스범벅이 되었다.

……지저분하게.

"……그렇지. 미궁에서 어떤 부분이 돌아왔어?"

"두 다리야."

툭툭 무릎을 두드리며 엘피가 대답했다.

"그럼 이걸로 머리, 두 팔, 두 다리가 돌아온 건가."

"음. 남은 건 몸통이랑 심장뿐이네. 그러는 이오리는 어땠어?"

엘피의 질문은 내 마력에 대한 거겠지.

나는 세 번째 던전 코어를 흡수했다.

"……솔직히 아직 본래 상태와는 거리가 멀어."

이전보다도 쓸 수 있는 마력은 더욱 늘었다.

대략 전성기의 4할 정도일까.

전혀 마력을 쓸 수 없었던 시절과 비교하면 상당히 나아졌다.

"……흠. 아, 그렇지. 그럼 그 심상 마법은 뭐였어?"

"……그거 말인가."

【영웅 재현(더 레이즈)】

그때 머릿속에서 자연스럽게 떠오른 심상, 프레이즈였다.

갑작스러운 일이었기에 자세한 내용은 그다지 기억나지 않지만…….

"아마도…… 전성기 당시의 내 힘을 재현하는 마법……이겠지."

나는 그저 흘러가는 대로 행동하고 있을 뿐이라고 생각했다.

하지만 엘피의 말 덕분에 그렇지 않았음을 깨달았다.

내게는 『도와주고 싶다』는 마음이 있었기에 행동했다고.

……그 결과로 얻은 심상 마법이 바로 그 영웅을 재현하는 기술이라는 것도 조금 복잡한 심정이지만 말이지.

나는 이제 용사도 영웅도 되고 싶지 않으니까.

"지금도 쓸 수 있나?"

"……미묘하네. 쓸 수 없지는 않겠지만, 그때랑 똑같이 할 수 있을 것 같지는 않아."

"그런가. 뭐…… 어쨌든 네 심상 마법 덕분에 살았어. 감사를 표할게, 이오리."

걸음을 멈추고 엘피가 나를 응시했다.

그 시선을 정면으로 받아들이며 나도 입을 열었다.

"……감사를 표해야 하는 건, 내 쪽이야."

엘피가 디오니스에게 권유를 받았을 때, 나는 배신당하는가 생각했다.

또다시 동료에게 배신당하여 살해당하는 거라고.

하지만 엘피는 말해주었다. 동료를 배신할 바에는 죽는 편이 낫다고.

게다가 심상 마법을 쓸 수 있었던 것도 엘피가 있어주었기 때문이다.

그 말이 없었다면 나는 그대로 절망해서 모든 것을 포기했을 것이다.

그러니까, 감사를 표해야 하는 건 내 쪽이다.

"엘피가 있어준 덕분에, 나는 포기하지 않았어. 그저 흘러가기만 한 건 아니라고 생각할 수 있었어. 그러니까, 고마워."

"……흐흐응. 당연하지."

살짝 뺨을 붉게 물들이며 엘피는 거만하게 고개를 끄덕였다.

"이전에 나한테 그랬지. 신용할 수 있는지는 스스로 정하라고."

"……음."

디오니스는 말했다.

복수하겠다는 사람들끼리 친해지는 게 이상하다고.

나도, 그렇게 생각한다.

목적은 같을지라도, 어차피 배신당한 사람들끼리 친해져봐야 단순히 서로 상처를 핥아주는 것뿐이라고.

그럴지라도.

"너와 함께라면 최후까지 복수를 이룰 수 있겠다고 생각했어."

그러니까.

"——나는 널 신용해. 엘피스자크."

늦잖아, 라며 엘피가 웃었다.

그녀의 표정은 해산물 꼬치의 소스로 너저분해서 여러모로 안타까웠지만.

그럼에도 나는 디오니스에게 복수한 것으로 한 걸음 더 나아갔다고 생각한다.

마윈, 베르트거, 올리비아, 디오니스.

이것으로 네 사람에게 복수할 수 있었다.

하지만 아직 복수 대상은 몇이나 더 있다.

손에 넣은 심상 마법을 사용하면 류자스의 『인과반장(因果返葬)』을 돌파할 수 있겠지.

다음으로 가는 나라에는 복수 대상이 **세 사람** 있다.

카렌에게 들은 두 사람과, 또 한 사람이.

"——갈까."

"음."

이리하여 우리는 다음 목적지를 향해 걸어갔다.

막간『사천왕 회의』

——마왕성.

대륙 중앙에 위치한, 마왕군의 본거지.

인간, 아인, 많은 종족을 상대로 하면서도 함락된 적 없는 견고한 성이었다.

이곳 마왕성에 어떤 정보가 들어왔다.

그것은 대륙 각지에 설치된 마왕군 거점지『다섯 장군 미궁』, 그중 하나인 사소 미궁이 함락되었다는 정보였다.

나락 미궁, 연옥 미궁에 이어서 세 번째 미궁 함락.

마왕군 내에서도 상위의 실력을 지녔다는『수 마장군』 디오니스의 패배.

이 사태에 마왕군 사천왕 중 하나이자 마왕 대행을 맡고 있는 레피제는 다른 사천왕을 소집했다.

『비』

『왜곡』

『소실』

『천천(天穿)』

현재 마왕군의 최고 전력인 모든 사천왕이 마왕성으로 집결했다.

의제는 당연히 함락된 미궁에 대한 것. 그리고 그 미궁을 토벌하며 돌아다니는 자들에 대한 것이었다.

"나락 미궁을 토벌한 인물은 예전 용사 파티의 일원인

『대마도』 류자스 길버언이라고 합니다. 그리고 연옥 미궁, 사소 미궁 토벌에는『흑발의 소년』과『은발의 소녀』가 관여되어 있었다는 정보가 들어왔습니다. 흑발의 소년에 대해서는 조사 중이지만, 은발의 소녀는…….”

“그래. 틀림없이 엘피스자크겠지.”

레피제의 말을 옆에 앉아 있던 자가 이어받았다.

주름 하나 없는 칠흑의 군복을 흐트러짐 없이 걸친 20대 후반으로 보이는 여성.

진녹색의 긴 머리카락, 노려보는 듯이 날카로운 두 눈 그리고 머리에 난 산양처럼 구부러진 두 개의 작은 뿔을 지닌 마족이었다.

마왕군 최고 전력인 사천왕 중 하나.

『소실』 그레이시아 레반틴.

“십중팔구, 엘피스자크는 이미『머리』,『두 팔』,『두 다리』를 되찾았을 거야.『몸통』과『심장』이 아직 우리 쪽에 있다는 걸 생각하면, 되찾은 힘은 4할 정도일까.”

다섯으로 분할된 것들 가운데 이미 세 부분의 몸을 되찾은, 전직 마왕 엘피스자크의 존재.

미궁이 함락된 것도 문제지만, 이쪽 역시도 심각한 문제였다.

수십 년 전에 벌어진 현재 마왕 오르테기어와 엘피스자크의 싸움은, 마족 사이에서 아직도 회자되고 있었다.

몇 시간이나 이어진 싸움 끝에 마왕성은 반파, 오르테기

어 파벌이었던 대량의 마족이 사망하고 본인도 큰 소모를 강요당했다.

그 강력한 힘을 엘피스자크가 되찾는다면, 현재의 마왕군이 얼마나 피해를 입을지는 미처 헤아릴 수도 없었다.

그것은 무슨 일이 있어도 막아야만 한다.

"엘피스자크 씨에 대한 경계도 중요하지만, 또 하나의 용사도 주의해야 한다고 생각해요."

그리고 그때까지 침묵하던 사천왕 중 하나――『천천』 루시피나 에밀리오르가 입을 열었다.

"예의 용사는 바로 그 『영웅 아마츠』의 뒤를 이은 자예요. 그런 존재가 전직 마왕과 손을 맞잡고 공세를 펼친다면 큰일이 벌어질 테니까요. 디오니스 씨도 당해버린 모양이니 말이죠?"

동료의 죽음에 대한 이야기를 입에 담으며 루시피나는 쿡쿡 웃음을 흘렸다.

그 태도에 미간을 찌푸리면서도 레피제는 고개를 끄덕였다.

전직 마왕과 용사는 마왕군을 위협하는 존재다.

미궁이 토벌되며 각국의 반마왕군 움직임이 활발해지고 있다. 이제 더는 방치해둘 수 없다.

"엘피스자크와 용사의 발자취를 뒤쫓지는 못했지만, 아마도 다음 행선지는 교국이겠죠. 그곳에서 확실하게 둘을 토벌하겠습니다."

"후후, 좋은 생각인 것 같네요."
"……이론은 없다."
『왜곡』과 루시피나, 두 사람이 그 말을 수긍했다.
"……흠."
그레이시아는 고개를 끄덕이면서도,
"엘피스자크에 대한 대처는 내게 맡겨줬으면 한다. 나는 그걸 잘 알고 있으니까."
푸른 눈동자를 희미하게 웃음의 형태로 일그러뜨리며 그리 말했다.
그것을 레피제가 받아들이는 것으로, 회의는 종료되었다.

그레이시아가 사라지고 회의실에는 레피제, 루시피나, 『왜곡』까지 세 사람이 남았다.
파란 얼굴로 "그것도 아니야, 이것도 아니야"라며 작전 내용을 생각하고 있는 레피제 옆.
루시피나를 『왜곡』이 노려보고 있었다.
"여, 『천천』. 디오니스가 죽었는데도 꽤나 기분이 좋아 보이잖아. 네놈은 그 녀석과 사이가 좋지 않았던가?"
"예, 그와는 30년 이상 전부터 알고 지냈죠."
"그렇다면 어째서…… 그렇게나 즐거워 보이는 거지."
『왜곡』의 입장에서 보면 디오니스는 구제할 길 없을 정도의 쓰레기였지만 그럼에도 일단은 같은 군에 소속된 동료였다.

"멍청한 녀석"이라고는 생각하지만, 그래도 그의 죽음을 정면으로 비웃는 짓은 하지 않는다.

하지만 디오니스의 부고를 듣고도 루시피나는 즐겁다는 듯이 웃을 뿐이었다.

그것이 『왜곡』으로서는 마음에 들지 않았다.

"디오니스 씨는 전부터 『명부로 가고 싶다, 명부로 가고 싶다』고 계속 그랬지요."

"……그게, 어쨌다는 거지?"

"아니, 갈 수 있었을까 싶어서요. 후후, 어차피 그는 못 갔을 테죠. 용사 같은 존재에게 살해당하고 말았으니까."

진심으로 즐겁다는 듯한 루시피나의 웃음이 방 안에 울렸다.

"디오니스 씨와는 오래 알고 지냈지만, 전부터 그 사람의 그릇이 어떤지는 잘 알고 있었어요. 그런 작디작은 그릇밖에 안 되는 자존감 덩어리가 죽었다고 해봐야 우스꽝스러울 뿐이잖아요?"

"……이 자식이."

"후후후, 너무하네요. 하지만 죽은 사람이야 이제 아무래도 상관없다고 생각하지 않나요? 더는 놀지도 못하니까."

루시피나의 말은 죽은 자에 대한 모독이었다.

루시피나는 인간에게 신앙의 대상인 여신을 연상케 할

법한 아름다운 용모를 지녔지만, 그녀의 내면은 시커멓게 썩어 있었다.

이해할 수 없다, 하고 싶지 않다며 『왜곡』은 고개를 내저었다.

"……하아아. 그 죽은 사람에 대한 이야기입니다만."

그때, 자리에 앉아 있던 레피제가 한숨을 내쉬었다.

"아무래도 상관없다, 그렇게 취급하지는 못하겠군요. 그 수 마장군이 대량으로 모으던 노예를 어찌 할지가 문제입니다. 전력이 될 것 같지도 않으니……."

인간, 아인.

셀 수 없을 정도의 여성을 디오니스는 수집했다.

노예로 삼아 성 처리나 기분 전환에 사용하기 위해서였다.

"그렇다면 제가 처분할까요? 검 솜씨가 둔해지지 않도록 시험 삼아서 베어보도록 하죠. 연습 도구는 살아있던 쪽이 나으니까요."

"…………그건."

얼굴을 찌푸리고 레피제가 굳은 표정을 지었을 때였다.

"잠깐만."

『왜곡』이 루시피나를 노려봤다.

"그 노예 중에는 엘프나 하프엘프도 있었을 텐데."

"예, 그게 어쨌다는 건가요?"

"루시피나. 네놈, 동족을 그런 용도로 쓰려는 거냐."

혐오감을 감추려 하지도 않고 『왜곡』이 루시피나에게 물었다.
루시피나는 엘프와 인간 사이에서 태어난 하프엘프다.
동족이 노예가 되어 있음에도 아무것도 느끼지 않고, 더군다나 자신의 손으로 처형하려 하고 있다.
"동족……?"
루시피나는 이해할 수 없다는 듯이 고개를 갸웃거리고, 몇 초 후.
"아아, 그랬죠. 동족, 예, 동족이네요. 그게 어쨌다는 건가요?"
"……어쨌다는 건가요, 라고? 무의미하게 동족을 죽이면서 아무런 생각도 안 드느냐고 묻는 거다."
루시피나는 입가에 손을 대고 우습다는 듯이 웃었다.
"——안 드는데요? 후후. 정말이지, 무슨 소릴 하는 건가요? 디오니스 씨 정도한테 붙잡혀서 노예가 되어버릴 만큼 약한 사람들이야 당연히 아무래도 상관없는 게 아닌가요."
"————."
그 직후, 공간이 『왜곡』되었다.
"마음에 안 들어."
일그러짐의 발생원은——『왜곡』.
루시피나를 날카롭게 노려보고 내뱉듯이 말했다.
"마음에 안 들어. 디오니스 때의 그 태도로, 지금 너의 태도도."

살아있다면 죽는다.

그런 사실은 『왜곡』도 알고 있다. 아군도 적도, 많은 이들이 죽는 것을 보았으니까.

하지만 그것을 모독하고 모멸하는 루시피나가 마음에 들지 않았다.

동족의 생사를 "아무래도 상관없다"라며 웃는 루시피나가 마음에 들지 않았다.

"후후. 당신, 살짝 아마츠 씨랑 닮았네요."

"……뭐라고?"

"유치하고, 다정하고, 무척 약한 면이 빼닮았다고요?"

분위기가 얼어붙었다.

"——그런가. 그건 바닥을 기고 싶다는 의미로군?"

왜곡이 강해진다.

공간이 비틀리더니 루시피나를 포위했다.

그를 『왜곡』답게 하는 힘. 공간마저 간섭하는 강력한 마법을 앞에 두고서 루시피나는 웃을 뿐이었다. 쿡쿡, 쿡쿡.

이윽고 『왜곡』이 루시피나에게 공격을 가하려 하고——.

"——거기까지 하시죠."

갑자기 실내에 나타난 압력에 공간의 왜곡이 사라졌다.

그때까지 의자에 앉아 있던 레피제가 『왜곡』과 루시피나를 노려보고 있었다.

그것만으로도 『왜곡』은 방 안이 싸늘해지는 것 같은 감각을 느꼈다.

"루시피나 씨! 도발하지 마십시오. 이 이상 일을 늘리지 말고!"

"……예, 죄송해요."

레피제가 주의를 주자 루시피나는 『왜곡』에게 흥미를 잃은 것처럼 방에서 모습을 감췄다.

그것을 보고 한숨을 내쉬더니 레피제가 자리에서 일어났다.

"루시피나 씨도 과하지만 금세 실력 행사를 하려드는 당신도 문제니까요!"

왜곡을 날카롭게 손가락질하며 레피제는 푸른 얼굴로 투덜투덜 중얼거렸다.

"제발 좀 그만하시죠. 일 좀 늘리지 말고. 아아, 정말이지…… 오르테기어 님께 뭐라고 보고를 드리면 좋을지."

방 안에 꾸르륵 소리가 났다. 레피제가 배를 누르고 얼굴이 한층 더 파래졌다.

"배 아파……. 으으, 약이 필요해."

휘청거리는 발걸음으로 레피제는 방에서 나가버렸다.

흥이 깨진 『왜곡』은 들어 올렸던 팔을 내릴 수밖에 없었다.

"……칫."

홀로 남겨진 『왜곡』이 혀를 차는 소리는 그 어느 누구의 귀에도 들어가지 않았다.

제13화 『이세계 신화 체계』

그란실크 제국을 나와, 우리는 동쪽을 향해 나아갔다.

목적지는 레이테시아 대륙 동부에 위치한 국가——페테로 교국이다.

때로는 마을에서 묵고 때로는 야영을 하고, 트러블도 없이 순조롭게 제국 동쪽 끝까지 왔다.

지금은 제국과 교국의 국경선을 향하여 산길을 걷고 있었다.

내 옆을 걷는 이는, 앞선 마을에서 산 과일을 맛있다는 듯 베어 무는 전직 마왕님이다.

이 녀석, 항상 뭔가 먹고 있단 말이지.

"알겠어, 엘피? 아무쪼록 교국에서는 정체가 발각되지 않도록 해."

지금부터 진입할 페테로 교국에서는 다른 나라와 비교해서 상당히 종교가 중시된다.

교국을 만든 페테로라는 남자가 멜트라는 신을 강하게 믿었던 것이 원인이겠지.

옛날에는 인간지상주의인 사람이 많아서 다른 종족에 대한 압박이 가장 강한 나라였다. 용사 파티의 일원인 하프엘프 루시피나를 상대로도 악감정을 감추려 하지도 않았으니까.

하지만 최근 30년 사이에 정세가 바뀌어 교국 안에도 변

화가 찾아왔다고 한다.

타 종족 배척파와 타 종족 영합파로 나뉘어 내부에서 이래저래 분쟁을 벌이고 있다나.

타 종족에 대한 압박은 다소 나아진 모양이지만, 마족에 대한 압박은 여전히 변하지 않았을 테지. 마족이 있다는 사실이 알려진다면 교국을 지키는 기사――『성당기사단』이 날아올 것이다.

"알고 이서."

우물우물 입을 움직이며 엘피가 고개를 끄덕였다.

진지한 표정을 지은 모양이다만 입가가 과즙범벅이었다.

"입."

"음."

한숨을 내쉬며 마을에서 산 천으로 닦아줬다.

눈을 감고 시키는 대로 하는 엘피. 전부 닦아주자 엘피는 거만하게 고개를 끄덕였다.

"음, 수고했어."

"수고는 무슨."

"아얏?!"

딱밤을 먹이자 엘피가 비명을 지르며 이마를 눌렀다.

치뜬 눈으로 노려봤지만, 무시.

이 녀석, 잘 봐주면 까부는 타입이라니까.

"으으. ……교국이 타 종족에게 어떤 자세인지는 잘 알아. 그러니까 정체가 발각될 법한 실수는 안 해. 봉인되기 전에 몇 번인가 교국 녀석들과 싸웠으니까."

"그럼 됐어."

엘피는 이래봬도 요령이 좋으니까 이렇게 못을 박아두면 문제없겠지.

이 녀석은 정말로 얼빠졌는지 빠릿한지 모르겠다니까.

"저 나라는 신을 강하게 믿고 있으니까. 적으로 돌아서면 상당히 성가셔."

지금은 어떨지 모르겠지만, 죄를 범한 아인이나 붙잡힌 마족을 화형이나 꼬챙이형으로 처리하던 나라였으니까.

신의 적으로 인정된다면 성가실 일이 벌어지겠지.

"신인가. 알고 있어. 그게…… 하늘로 가시는 우리 신이라고 했지."

"하늘로 가서 뭘 어쩌자고."

신을 멋대로 죽이지 마.

그러니까, 하늘에 계시는 우리 신이시여, 라는 문구였을 터.

"뭐…… 하늘로 가셔서, 라고 해도 그렇게 틀린 말은 아니지만."

이 세계에도 원래의 세계와 마찬가지로 신화가 존재한다. 수많은 신이 있었던 일본과는 달리 이쪽의 신은 둘뿐이지만.

인간을 창조했다고 하는『성광신』멜트.

몬스터, 마족을 창조했다고 하는『타광신(墮光神)』하디아.

지금의 세계를 만들어낸 것은 이 두 신이라고 한다.
둘을 합쳐서 『창세의 두 신』이라 부른다.
일찍이 멜트와 하디아는 함께 세계 창조를 시작했다.
처음에는 협력하였으나 서서히 방침의 차이가 명백해진다.
멜트는 지성을 중시하고 하디아는 힘을 중시했던 것이다.
이윽고 둘은 그 차이로 다툼을 시작하고 만다.
격렬한 싸움은 이레 밤낮 이어지고, 그 끝에 멜트는 하디아에게 승리했다.
멜트는 패배한 하디아를 땅속 깊은 곳에 봉인해버렸다고 한다.
승자인 멜트 역시도 싸움으로 심각한 부상을 당해, 인간들에게 세계를 맡기고 자신도 잠들었다고 한다.
지금 존재하는 아인종의 경우에는, 두 신이 공동으로 만들어냈다는 설이나 몬스터가 진화하여 태어났다는 설이 있는 등 명확하지 않았다.
내가 가진 『용사의 증표』는 멜트가 부여한 것이라고 전에 들은 기억이 있다. 멜트와 이야기한 적이야 없으니 사실인지는 모르겠지만.
"그러고 보니 마족은 『타광신』 하디아를 믿고 있다든지 그래?"
문득 의문을 느끼고 엘피에게 물어봤다.

“『패배한 신 따윌 숭배할 수 있겠느냐』라는 사람이 많거든. 마족이면서 타광신을 숭배하는 사람은 거의 없어.”
“엘피는 어때?”
“신에게 먹을 걸 바칠 바에야 내가 먹고 싶어.”
“과연.”
엄청나게 납득되었다.
그런 이야기를 나누는 사이에 국경선이 보이기 시작했다.
국경선 너머에 있는 것은 커다란 산이지만, 저걸 넘으면 목적지다.
이리하여 우리는 국경선을 넘어 교국으로 발을 들였다.

◆ ◆ ◆

제국과 교국의 국경선을 넘어간 곳에는 커다란 산이 우뚝 서 있었다.
파름 영산(靈山)이라고 불리는, 자연적으로 몬스터가 발생하는 위험한 장소다.
그 파름 영산을 넘어서 조금 더 나아간 곳에, 성도(聖都) 슈메르츠가 존재한다.
『성광신』과 인연이 있다는, 교국이 자랑하는 성도 중 하나였다.
——그 성도 인근에 존재하는 작은 마을에 복수 대상인

두 사람이 사는 고아원이 있다.
우리는 일단 성도 슈메르츠를 목적지로 정했다.
복수 대상이 무슨 낯짝으로 생활하는지를 당장 보러가고 싶었지만, 무슨 일을 하건 사전 준비는 필요하다.
장비품 정비나 고아원에 대한 정보 수집.
그리고 교국에 존재하는 다섯 장군 미궁――기광(忌光) 미궁에 대한 밑조사도 해야만 한다.
그런 이유로, 우리는 우선 슈메르츠로 가고자 파름 영산을 오르고 있었다.
등산에는 익숙하지만 이 산을 오르는 건 꽤나 힘들었다.
길은 거칠어서 지면 군데군데가 패여 있었다. 영산에서 뿜어 나오는 천연 마소 때문인지 나무나 화초가 이상하게 커서 시야도 나빴다.
게다가,
"……전방에 세 마리."
"알았어."
마소의 영향 때문에 몬스터와 빈번하게 조우하고 있기 때문이었다.
출몰하는 것은 주로 꼬리가 창처럼 날카로운 꼬리창 원숭이, 수목으로 의태한 괴물 나무――트렌트 등이었다.
엘피의 검(檢)마안으로 위치를 특정하고, 접근한 몬스터를 내가 베었다.
"미궁 정도는 아니라고 해도, 확실히 수가 많네. 식사할 여유도 없어."

"저녁식사까지 참아."

"으음……."

혈색이 나쁜 나무들 사이로 보이는 태양은 기울고 있었다.

조금만 더 걸어가서 야영할 수 있는 장소를 찾기로 하자.

"전방에 트렌트야. 에에잇, 계속계속! 이오리, 박살내!"

"……그래!"

고작 몇 걸음을 나아갔을 뿐인데 몬스터가 출몰했다.

이 산은 타광신과 인연이 있는 장소라더니 그것의 영향일지도 모르겠네.

"내가 아직 마왕이라면 이곳의 몬스터들을 복종시켰을 텐데."

쓰러뜨린 몬스터의 잔해를 보고 엘피는 지긋지긋하다는 듯 그리 중얼거렸다.

마왕인가. 그러고 보니 엘피는 마왕의 증표인 마왕문을 지니고 있었지.

"몬스터는 마왕문을 가진 마족이나 그에 인정받은 자를 따른다고 했던가."

"그래. 그런 구조로 되어 있어."

"어떤 원리야?"

"후…… 전혀 모르겠어."

"잘난 듯이 말하지 마."
……이 녀석, 안 되겠어.
"엘피의 몸에는 아직 마왕문이 남아 있잖아? 마왕을 따르는 미궁의 몬스터가 아니라 천연 마소에서 태어난 몬스터라면 복종시킬 수 있지 않을까?"
"……?!"
그런 발상이 있었던가?! 마치 그러는 것 같은 표정을 지었다.
말도 안 돼, 이 녀석 설마 시험해본 적이 없었나?
"후……훗. 그 생각에 이른 걸 칭찬해주지, 이오리."
"…………."
"그, 그런 눈으로 보지 마!"
이 녀석은…….
"……그래서, 할 수 있겠어?"
"나를 누구라고 생각하는 거야?"
엘피가 거칠게 웃었다.
마침 딱 맞게, 전방에서 꼬리창 원숭이 세 마리가 접근하고 있었다.
엘피는 자신만만하게 몬스터들 앞으로 나섰다.
"엘피스자크 길데가르드의 이름 아래 명령한다!!"
산중에 쩌렁쩌렁하게 울리는 목소리와 기백으로, 엘피가 외쳤다.
그 위용은 뒤에서 보고 있는 내게도 전해졌다.

이러면 가능할지도 모르겠네.

"——나를 따라라!!"

익숙한 동작으로 엘피가 꼬리창 원숭이에게 지시를 내렸다.

전직 마왕에 걸맞은 기백에 꼬리창 원숭이들은——.

『키아아아아아!』

"우와아악, 이오리! 안 먹혔어!"

엘피를 향해 일제히 창을 내질렀다.

안색이 변한 엘피가 아크로바틱하게 그 창을 피했다.

조금 전 엘피의 외침을 들은 몬스터들이 차례차례 이쪽으로 다가왔다.

"…………."

"그런 눈으로 보지 마, 이오리!"

"…………."

결국, 편하게 가지는 못하겠네.

한숨을 내쉬고, 엘피를 잡아끌고는 전속력으로 그 자리를 이탈하는 것이었다.

◆ ◆ ◆

나무들 사이로 보이던 해는 완전히 지고 대신에 달이 밤하늘에 떠올랐을 무렵.

우리는 트인 공간을 발견하고 그곳에 결계를 쳐서 야영

중이었다.

마을에서 엘피가 대량으로 사들인 식재료를 사용해서 해산물 스튜를 만들어 그걸 저녁으로 먹었다.

혀를 데어 눈물을 글썽이면서도 덥석덥석 먹는 모습을 보니 엘피는 요리가 마음에 드는 모양이었다.

"자."

"음."

건넨 물을 단숨에 들이키더니 엘피는 또다시 맛있다는 듯이 스튜를 먹었다.

뭐, 나쁜 기분은 아니네. 옛날에도 자주, 이렇게 여행 중에 요리를 대접한 기억이 있다.

……그때는.

——호오, 아마츠. 요리를 잘 하네. 의외인데.

——뭐야, 이거. 성에서 나오는 요리보다 맛있어!

——요리까지 할 수 있다니, 아마츠 씨는 굉장하네요.

"————."

"왜 그래, 이오리?"

"……아니, 조금 기분 나쁜 걸 떠올렸을 뿐이야."

"괜찮아?"

"음."

혼자서 냄비 절반 이상을 비운 엘피가 만족스레 배에 손을 대고 있었다.

……저질렀네.

시답잖은 걸 떠올린 탓에 엘피에게 스튜를 빼겼다.

식기 전에 내 몫도 먹어둬야지.

"그렇지, 이오리. 몬스터랑 싸우면서 생각했는데, 너도 어느 정도 힘이 돌아온 거 아닌가?"

내 스튜로도 지그시 시선을 향하던 엘피가, 문득 그런 질문을 했다.

싸움의 감각을 떠올리고 고개를 가로저었다.

"……그렇지도 않아. 던전 코어를 세 개나 사용했는데도 전성기 마력의 절반 이하밖에 돌아오지 않았어."

일 아타락시아나 스펠 디바우어 등의 마력을 지금의 내가 쓸 수 있도록 몇 번이나 조정을 거듭하여, 일단 마석을 사용하지 않도록 만족스레 마력을 쓸 수 있게 되기는 했다.

하지만 여전히 전성기와는 거리가 멀었다.

던전 코어를 전부 사용해도 원래의 힘이 돌아오지 않을 가능성을 생각해두는 편이 좋을 것 같네.

"게다가 그 심상 마법도 만족스러운 수준은 아니었으니까."

디오니스와의 싸움에서 습득한 마법의 궁극. 습득한 뒤로 그럭저럭 시간이 경과했지만 아직 제대로 사용하지는 못했다.

몇 번인가 시험해봤지만 발동은 되지만 불과 한순간. 그것도 잘된 경우이고 애당초 발동하지 못한 적도 있다.

"나는 심상 마법을 쓰지 못하니까 뭐라 해줄 말도 없지만…….”

엘피는 입가에 손을 대고 생각에 잠기듯 신음한 뒤,

“좋아, 지금부터 대련을 하자.”

갑자기 그렇게 말했다.

“전에 발동한 건 전투를 할 때였잖아. 싸우는 중이라면 발동될지도 모르지.”

“오늘도 몇 번인가 몬스터를 상대로 써보려고 했는데 한 번도 성공하지 못했어. ……아니.”

싸운 몬스터는 다들 심상 마법을 쓸 것까지도 없는 상대였다.

디오니스와는 비교가 되지 않는 잔챙이들뿐이었다.

본래의 힘으로는 이길 수 없는 상대라면 발동될지도 모른다.

“알았어. 하자.”

◆ ◆ ◆

——휘몰아치는 바람에 결계가 소리를 내며 울렸다.

소리 없이 들이치는 바람을 간신히 비취의 태도로 흘려 넘겼다.

그렇다——상대하는 것은 마치 바람 같았다.

그 존재를 알아차렸을 때에는 이미 지나가는 중이었다.

“——『마각(魔脚) 무풍섬(無風閃)』.”

엘피가 되찾은 세 번째 부위, 『두 다리』에 깃든 능력 중 하나.

휘몰아치는 바람 같은 속도로 이동하는 순속(瞬速)의 힘이었다.

하지만 위협적인 것은 속도만이 아니었다. 탁월한 기량을 바탕으로, 엘피는 『소리 없이』 들이닥쳤다.

"……새삼스러운 소리지만, 참 터무니없네."

마각으로 이동하며 엘피는 마완으로 공격했다.

그에 대응할 수 있는 건 영웅 시절에 익힌 탐지 능력 덕분이겠지.

유검을 사용해서 그 압도적인 위력을 지면으로 흘려냈다.

"왜 그래, 이오리. 그 귀족한테 사용했던 귀검이라는 녀석은 안 쓰나?"

"그걸 사용하기에는 근력도 마력도 부족하거든."

추가타를 흘려내고 엘피의 질문에 답했다.

귀검은 디오니스가 창안해낸 검술이다.

그 녀석이 지닌 막대한 마력량과 인간을 초월한 근력을 전제로 만들어졌기에, 둘 다 열화된 상태인 지금의 나로서는 사용할 수 없는 것이었다.

"──『마완 괴렬단』."

"윽."

휘두른 다섯 손톱을 백스텝으로 회피했다.

하지만——.

"크…….”

엘피의 일격이 지면을 크게 도려냈다.

디딜 곳을 잃고 내 자세가 크게 무너졌다.

"——『마안.”

"————!”

——등 뒤.

정신이 드니 엘피는 내 뒤를 붙잡은 상태였다.

어둠 속에서 작렬하는 듯한 홍련의 두 눈이 빛났다.

이 자세에서는 피할 수 없다.

스펠 디바우어나 일 아타락시아는 타이밍이 맞지 않는다.

엘피에게서 느껴지는, 피부가 얼얼할 정도의 마력. 이쪽의 장비로는 미처 막아낼 수 없다.

엘피가 승리를 확신한 것처럼 뺨을 느슨히 푸는 게 보였다.

"——회신폭』.”

홍련이 들이닥친다.

이 멍청이, 아예 조절을 안 하잖아.

위험해, 이래서야 직격하면 그냥 넘어가지는 못한다.

"————.”

시야에 노이즈가 끼었다.

그 뒷모습이 보였다. 그것은 불과 한순간, 노이즈도 뒷

모습도 금세 사라졌다.

그 한순간으로 충분했다.

『용사의 증표』에서 넘쳐 나온 마력을 비취의 태도에 실어, 들이닥치는 홍련을 향해 정면으로 검을 휘둘렀다.

"제2귀검——『괴렬(乖裂)』."

마력과 위력을 실든 검을 상단부터 아래로 휘둘렀다.

비취의 태도가 다가오는 홍련을 양단했다.

폭풍이 나무들을 흔들고 흙먼지가 피어올랐다.

이쪽의 일격은 회신폭을 양단한 것만으로 그치지 않고 그 너머에 서 있던 엘피에게 격돌했다.

"우어어아아?!"

마완으로 받아낸 엘피가 기이한 소리를 내지르고, 결계를 깨고 밤의 산을 향해 날려갔다.

결계 구멍에서 안으로 바람이 불어들었다.

그 이외의 소리는 들리지 않았다.

"…………."

아, 돌아왔다.

자신이 깬 결계를 수복하더니 엘피가 종종걸음으로 다가왔다.

"……죽일 셈이냐!"

"내가 할 말이야!"

무슨 염치로 그런 소리를.

저런 위력의 폭격을 맞았다면 나는 통구이가 됐을 거

라고.

"나는 심상 마법을 쓸 수 있는 계기를 만들 생각으로 일부러 위력을 높여서 쏜 거야!"

"그렇다고 해도 조금은 더 위력을 떨어뜨리라고……!"

그때, 그야말로 한순간만 사용할 수 있었다.

디오니스 때와는 비교도 안 될 만큼 짧은 시간이었다.

역시 내 심상 마법은 본인보다 강한 상대와 싸울 때에 발동되는 걸까.

"지금 그걸로 옷이 더러워져버렸어. 땀도 흘렸고…… 아까 발견한 샘에서 씻고 올게."

"이런 기온에?"

겨울 정도는 아니지만 산이니만큼 밤에는 꽤나 추웠다.

그런 가운데 차가운 물에 들어가면 감기 걸릴 텐데.

"괜찮아. 물 데워놨으니까."

"?!"

……이 녀석, 지금 터무니없는 소릴 하잖아.

"이오리, 엿보지 마."

"엿보겠냐, 멍청아."

"분신체니까 알몸을 보인대도 나는 신경 쓰지 않지만, 물을 데우는 열기로 주위가 작열 지옥이 되었으니까 말이야. 인간인 네가 다가오면 녹아버릴 거야."

입욕만을 위해서 연옥 미궁이라도 만들 셈이냐, 이 녀석.

"알고 있어. 자, 얼른 다녀와."

"음, 다녀올게."
결계를 일부 해제하고 엘피가 다시 밖으로 나갔다.
"……정말이지."
나도 싸움으로 지저분해져서 기분 나쁜데.
마을에 도착하면 느긋하게 씻자.
"자…… 이만 잘까."
구입한 침낭을 설치하고 그 안으로 파고들었다.
아무래도 지난번처럼 낙엽에 천을 깐 것뿐인 침대로는 힘드니까 말이지.
하품을 하고 눈을 감으려 했을 때였다.
다다닥, 발소리가 다가오는 게 들렸다.
엘피인가.
"이오리, 수건 깜박했어."
"정말이지……."
몸을 일으켜서 엘피 쪽을 봤다.
"————."
괴물이 있었다.
목이 떠 있다.
그 좌우로 팔이 떠 있고 지면에서 다리 두 개가 움직이고 있었다.
목, 팔, 다리.
——완전히 괴물.
"아아아아아아아아아아악?!"

"오오오오오오오오?!"

내 비명과 그에 놀란 엘피의 비명이 울려 퍼졌다.

◆ ◆ ◆

다음 날.

짐을 챙기고 출발했다.

도중에 몇 번인가 몬스터에게 습격당했지만 가볍게 격퇴했다.

"목만 있을 때에도 꽤나 호러였지만, 팔이랑 다리가 추가되니 괜히 더 섬뜩해지네. 솔직히 그건 기분 나빠."

"기분 나빠?! 무, 무례하긴! 이오리한테 알몸을 보이면 화내니까 몸통 부분의 분신체를 지우고서 간 거라고!"

"그래도 좀 다른 방법이 있잖아……. 괴물로밖에 안 보였어."

"알 수가 없네……."

다음으로 손에 넣는 부위가 심장이 아니길 기도했다.

몸통이 없다면 어마어마한 그림이 될 것 같으니까 말이지.

몇 번인가 휴식을 취해가며 나아가길 몇 시간.

간신히 우리는 영산의 정상에 도착했다. 저 멀리에 작은 도시가 보였다.

"오오, 저게 성도 슈메르츠인가."

"그래. 거리를 보면, 내일에는 도착할 수 있겠네."
여기가 반환점이다.
남은 건 내려가는 것뿐이니까 체력적으로는 편해지겠지.
길을 헤맨다든지, 그런 트러블이 생기지만 않는다면 그렇게 시간이 걸리지는 않을 터.
"해가 지기 전에 가능한 한 산을 내려가자."
그리 말하고 정상에서 내려가려고 했을 때였다.
"……이오리!"
엘피가 소리 쳤다.
그 순간, 주위의 분위기가 바뀌었다.
우리를 감싸듯 결계가 쳐진 것이었다. 주위의 마력 흐름이 극단적으로 파악하기 힘들어졌다.
"————."
결계의 작동과 연동하듯 밖이 빛났다.
공격 마법이 결계를 지나서 우리에게 향했다.
엘피가 마완으로 튕겨내고 나는 일 아타락시아로 방어했다.
"이오리, 이건……!"
"……——『매직 디스터버(방어 결계)』."
내부의 마력 작동을 흐트러뜨려 마력 탐지나 마법 구사를 방해하는 결계였다.
이 결계 때문에 어디서 공격당하고 있는지 알 수 없

었다.

하지만 이 결계 이상으로 신경 쓰이는 것이 있었다.

그건.

“이 결계는…… **왕국식**이야.”

이걸 구사할 수 있는 마법사는 왕국 내에서도 한정된다. 누가 설치했는지를 금세 이해했다.

왕국에서 온 추격자인 『선정자(選定者)』.

그리고 아마도 그들을 지휘하는 것은——.

“……류자스!”

결계 밖에서 마법이 쏟아졌다.

제14화 『대마도의 진가』

주위를 뒤덮은 『매직 디스터버』의 영향으로 적의 모습을 볼 수 없었다.

마력을 탐지할 수도 없었다. 하지만 왕국식 마법을 사용하는 녀석들에게 습격당했으니 누굴 상대하는 건지는 알 수 있었다.

저 녀석을 죽일 수 없었던 이유――『인과반장』은, 심상 마법을 제대로 쓸 수 있다면 돌파할 수 있다.

이쪽이 대처법을 손에 넣은 뒤에 굳이 맞이하러 나와 주다니.

어지간히도 류자스는 내게 복수하고 싶나보다.

날아드는 마법을 베어내고 결계 밖을 노려봤다.

"……누구냐! 모습을 드러내라!"

정체는 알고 있지만 모르는 척하며 습격자를 불렀다.

이쪽의 부름에는 응하지 않고 상대는 모습을 드러내지 않았다.

하지만 결계 안에서 메아리치는 것처럼 목소리가 울렸다.

『우리는 왕국 소속――『선정자』.』

『왕국에 불필요한 존재를 선별하여 처형하는 자.』

예상대로 상대는 선정자.

기사단, 마법사단의 범주를 넘어서 편성된 왕국 최강의

전투 집단.

『아마츠키 이오리——마족을 멸하는 사명을 부여받고서도 마족과 함께 행동하는 부정한 용사여.』

『조금이라도 인간의 마음이 있다면, 그 마족을 멸한 뒤에 우리와 함께 왕국으로 돌아가는 것이다.』

『이것은 국왕 폐하의 자비이다.』

목소리는 메아리쳐서 어디서 들리는지 알 수 없었다.

"웃기지 말라고, 선정자 놈들. 왕국의 사정 따위 내가 알 바 아니야."

요만큼의 흥미도 없다.

"류자스, 거기 있겠지? 나락 미궁에서 하던 걸 계속 해야지."

게다가 선정자 따위에게 용무는 없다.

내가 만나고 싶은 것은 한 사람뿐이었다.

"——이번에야말로, 죽여주마."

대답은 없었다.

『————.』

하지만『목소리』너머에서 들리는 작은 숨소리.

그것만으로도 알았다.

역시 류자스는 이 자리에 있다.

『어리석구나, 부정한 용사.』

『국왕 폐하의 자비를 허사로 돌리다니.』

『네놈의 존재는 왕국에게 더 이상 필요치 않다.』

『이 땅에서 스러지도록 해라.』
메아리가 그쳤다.
이제 목소리는 들리지 않는다.
상대도 진심으로 죽이려고 들겠지.
"이오리, 냉정을 잃지 마. 격앙하는 것도 이해하지만——."
"나도 알아."
인과반장에 대처할 수 있게 되었다고 해서 류자스를 쉽게 죽일 수 있는 건 아니다.
그러기는커녕 상황은 상당히 나쁘다고 할 수 있었다.
습격을 가했다는 것은, 상대는 우리를 죽일 준비를 하고 왔다는 의미니까.
또다시 선정자들의 습격이 시작되었다.
많은 방향에서 고위력의 마법이 연속해서 날아들었다.
유검으로 흘려냈지만 선정자들은 곧바로 사용하는 마법을 바꾸었다.
검으로는 흘려내지 못할 광범위 마법이 펼쳐졌다.
"——거슬려!"
하지만 그것도 엘피의 마안으로 일망타진했다.
중력에 짓눌려 어이없이 소멸되었다.
그대로 엘피는 주위를 둘러싼 결계에 마안을 발사했다.
결계가 폭발하고 큰 구멍이 발생했다.
하지만——.
"……음."

마안으로 뚫린 부분은 불과 몇 초 만에 원래대로 돌아가 버렸다.
이 결계는 상당한 마력량으로 전개된 듯했다.
그렇다면, 엘피가 그러면서 밖에 있는 녀석들을 탐지하려고 결계 밖을 노려봤다.
"어때?"
"……안 돼. 아예 안 보이는 건 아니지만, 내게 포착당하지 않도록 움직이고 있어."
대상을 시인할 수 없다면 엘피의 마안은 사용할 수 없다.
아무래도 마안 대책은 만전인 듯했다.
그러는 사이에 습격자는 다음 수단으로 나섰다.
결계 안으로 2미터가 넘는 바위 인형이 우르르 들어왔다.
원격조작 가능한 인조「골렘」이었다.
사방팔방에서 나타났기에 우리는 또다시 포위당하는 형국이 되었다.
매직 디스터버의 효과로 움직임은 완만했지만 이쪽을 향해 똑바로 접근하고 있었다.
"……위험한데."
계속 선수를 빼앗기고 있었다.
류자스, 마법사를 상대로 선수를 빼앗기는 것은 하책 중의 하책이다. 어떻게든 이 결계를 돌파해야만 한다.

그것도 지금 당장.

"엘피! 아까, 한순간이지만 결계 일부를 파괴할 수 있었지?"

"그래. 곧바로 복구되었지만, 강도 자체는 높지 않은 것 같아."

"결계로 다가간 다음에 다시 한 번 마안을 사용해줘. 수복되기 전에 밖으로 나가는 거야!"

그리 말하자마자 앞으로 내디뎠다.

막아서는 골렘을 향해 마석을 투척. 브레이크 매직으로 날려버렸다.

산산이 흩어진 골렘. 하지만 역재생하는 것처럼 날아간 부분이 점점 수복되었다.

이런 골렘은 핵을 파괴하지 않는 한 계속 재생하는 것이었다.

수복되는 모습을 분석해서 핵의 위치를 특정하고 비취의 태도로 절단했다.

우두둑, 하는 소리가 울리고 골렘이 땅으로 무너져 내렸다.

잔해를 짓밟으며 결계를 향해 달렸다.

뒤쪽에서 쫓아오는 골렘은 무시.

"엘피!"

"그래……!"

마안이 재차 결계에 작렬했다. 결계에 뚫린 구멍으로,

우리는 밖으로 뛰어나갔다.

"……음?"

밖으로 나온 우리에게 선정자의 공격이 날아들지는 않았다.

습격을 예상하여 자세를 잡고 있던 엘피가 주위를 둘러봤다.

"……어떻게 된 거야. 녀석들의 모습이 안 보이잖아."

"────."

되짚어보자.

녀석들은 처음에 마법으로 공격을 가했다. 하지만 금세 마법은 그치고 인조 골렘이 튀어나왔다.

우리가 골렘을 상대하는 사이, 녀석들은 마법 공격을 하지 않았다.

할 생각만 있다면 골렘을 조작하면서도 우리를 공격할 수 있었을 텐데.

선정자는 그동안에 뭘 한 거지?

──류자스는 그동안에 뭘 한 거지?

"────윽."

위험하다.

"엘피! 지금 당장 여기서 이탈해야 돼!"

"이오리? 그건 어째서."

"됐으니까, 네 마각을 써서────."

◆ ◆ ◆

"──『로스트 매직 낙성무궁(落星無窮)』──."

◆ ◆ ◆

오한을 느꼈다.

주위의 기온이 단숨에 식어버린 것 같은 착각을 느꼈다.

그건 엘피도 마찬가지인지 하늘을 올려다보며 붉은 두 눈을 부릅떴다.

──별이 떨어지고 있었다.

어느샌가 머리 위에 창백하게 빛나는 거대한 별이 있었다.

아니, 별이 아니었다. 저건 막대한 마력의 덩어리였다.

"선정자 녀석들이 사용했나……?"

"아니야. 아마도…… 류자스야."

그 녀석이 모습을 드러내지 않았던 시점에서 무언가를 꾸미고 있으리라 생각했다.

이 정도 수준의 마법을 사용한 것은 예상 밖이었다.

명백하게 저건『로스트 매직』수준의 위력을 내포하고 있다.

노쇠한 류자스가 설마 이런 마법을 쓸 수 있을 줄이야.

선정자들의 공격이 그친 것은 이 일격에서 벗어나기 위

해서였을 테지.

"마각으로 도망칠 수 없을까?"

"……무리야. 저게 떨어지면 이 산이 통째로 날아갈걸."

"그런가……."

"그러니까 최대 화력의 마안을 쏠게. 엄청난 폭발이 일어날 테지만 네 일 아타락시아로 막고——."

그리 말하던 엘피가 하늘을 올려다보고 말을 멈췄다.

"—— ——."

지금 막 떨어지고 있는 별——그 바로 위에서 새로이 또 하나, 거대한 별이 나타났다.

"뭐라고……?!"

"저래서야 내 마안을 쏴도……!"

저 별이 하나였다면 엘피의 마안과 일 아타락시아로 어떻게든 대처할 수 있었을지도 모른다.

하지만 둘이라면 무리다. 지금의 일 아타락시아로는 도저히 막아낼 수 없다.

"————!"

굳히기로 들어갈 작정이라는 듯이, 우리 주위로 매직 디스터버가 뒤덮였다.

사전에 공들여 설치해두었던 거겠지.

우리를 확실하게 끝내기 위해서.

『——끝이다, 아마츠.』

"류자스……!!"

류자스의 비웃음이 울려 퍼졌다.

그에 호응하듯 첫 번째 별이 결계 바로 위까지 들이닥쳤다.

엘피는 포기하지 않고 마안을 발사하기 위해 마력을 모으고 있었다.

하지만 이래서는──.

『거기 있는 머저리 마족과 함께, 내 마법에 짓뭉개져서 죽어라.』

득의양양한 류자스의 거슬리는 목소리.

별이 들이닥친다.

이대로는, 나는 죽는다.

눈앞에 복수 대상이 있음에도 복수를 달성하지 못한 채로.

나는 또다시 류자스에게 살해당하는 것이다.

이대로는, **우리**는 죽는다.

──저 별이 떨어지면, 엘피가 죽는다.

"……두지 않아."

『……어?』

"──죽게 두지 않아."

제국에서 나는 엘피와 함께 걸어갈 것을 결심했다.

그러니까 엘피를 죽게 하고 싶지 않다. 죽게, 둘까 보냐.

"내가, 살리겠어."

『어, 지금의 네놈이 대체 뭘 할 수 있지?』

류자스가 비웃었다.

지금의 너는 아무것도 못 한다고.

그건 옳다. 지금의 나는 아무것도 못 한다.

그러니까——.

"————."

잡소리는 들리지 않는다.

쓸데없는 것은 시야에 들어오지 않는다.

세계의 움직임이 느려졌다.

회색으로 물든 세계 가운데, 멀리 떨어진 장소에 나——아마츠가 서 있다.

들이닥치는 낙성을 응시하는 그 뒷모습을 향해 손을 뻗는다.

전격 같은 마력이 용솟음쳤다.

최근 며칠, 아무리 사용해도 느끼지 않았던 반응.

지금이라면 사용할 수 있다, 그리 믿으며,

"——【영웅 재현(더 레이즈)】."

나는 심상 마법을 사용했다.

『스펠 디바우어』로는 안 된다.

저 별을 두 개 동시에 빼앗을 정도의 힘은 없다.

『일 아타락시아』로는 안 된다.

저 별을 두 개 모두 받아낼 정도의 힘은 없다.

그렇다면 내가 사용해야 하는 것은——.

“『임팩트 미러』——!”

그것은, 받아낸 공격의 위력을 배로 만들어 상대에게 되돌리는 카운터 마법.

마력을 두른 비취의 태도를 휘둘렀다.

낙성 일부에 칼날이 닿았다. 그 순간, 낙성이 내포한 마력량이 급등했다.

『뭣이……?! 아마츠, 네놈 설마!』

동시에 별이 궤도를 크게 바꾸었다.

낙하하던 또 하나의 별을 향해, 튕겨 오르듯 상승했다.

상승해서 다가오던 별에 격돌하고, 두 별이 영산의 아득한 상공으로 이동했다.

“잘 했어, 이오리!”

그 결과를 끝까지 지켜보기도 전에, 나는 엘피에게 붙들렸다.

『큭, 빌어먹을……!』

“서두르지 마, 류자스.”

마각을 발동한 엘피에게 안겨서 급격하게 그 자리를 이탈했다.

그 직후, 상공에서 어마어마한 폭발이 일어났다.

그 여파에 삼켜지기 전, 우리는 영산의 기슭에 도달했다.

격렬히 흔들리는 영산을 올려다보며, 말했다.
"준비가 갖춰지면, 확실하게 죽여줄 테니까."

◆ ◆ ◆

"말도 안 돼……! 로스트 매직이……!"
영산 상공에서 소실된 두 별을 보고 『선정자』 제1석 해롤드 레벤스가 이를 갈았다.
아무리 용사와 마족이라도 로스트 매직의 2연격에는 손 쓸 도리도 없다.
해롤드의 그 예상은 눈앞에서 손쉽게 무너졌다.
"……부정한 용사 놈이! 녀석들이 교국에 도착하기 전에 따라잡고 재차 공격을 가한다! 지금 당장 녀석들을——."
"……잠깐만."
명령을 내리려던 해롤드를 막은 것은 『궁정마법사』 류자스 길버언이었다.
연이은 로스트 매직 구사로 온몸이 흠뻑 젖도록 땀을 흘리며 선정자들에게 날카로운 시선을 향했다.
"낙성무궁을 튕겨낸 상대야. 작전을 변경할 필요가 있어. 풀어두고 다시 한 번 때를 기다려야 해."
"……우리 선정자들로서는 저 둘을 죽일 수 없다고?"
"그래."
류자스는 알고 있었다.

아마츠키 이오리의 정체를. 낙성무궁을 튕겨낸 마법을.
그러니 한 번 준비를 갖추어야 한다.
그리 말하려던 류자스를, 해롤드를 포함한 선정자들이 노려봤다.
"국왕 폐하와 류자스 공은 아무래도 용사를 과대평가하고 있는 것 같군."
"……뭐라고?"
"아니. 우리를 과소평가하고 있는 모양이야."
해롤드의 태도에 류자스가 눈을 가늘게 만들었다.
"뭐, 무리도 아니겠지. 귀공은 두 번이나 그 용사 때문에 추태를 보였으니까."
"이 자식……!"
도발하는 발언에 류자스가 격노했다.
그러나 마력을 모두 사용한 상태에서는 제대로 움직일 수도 없어서 그저 해롤드를 노려볼 수밖에 없었다.
"우리는 선정자. 왕국 최강의 존재야. 용사든 마족이든 우리가 심판하지 못할 존재는 없어."
해롤드의 말에 선정자들이 말없이 동의를 표했다.
"류자스 경의 마법 실력은 인정하지. 하지만 이 이상은 지휘를 맡길 수는 없겠어."
그리고 해롤드는 류자스의 귓가에 나지막이 속삭였다.
"과거의 유물 주제에 너무 거만하게 굴지 말라고. 영웅 아마츠를 맥없이 죽게 만든 반편이가 말이야. 영웅 아마츠가 아니라 네놈이 죽었으면 좋았을 것을."

"……해롤드, 네놈."

노려보는 류자스를 향해 코웃음을 치고, 해롤드는 소리 질렀다.

"지금부터 선정자 지휘는 제1석인 나 해롤드 레벤스가 맡겠다!"

"""——옛!"""

"류자스 경은 내 지시에 따라 마법을 구사하는 것만으로 족해."

내뱉듯이 그리 말하고는, 해롤드는 선정자들에게 이오리를 추적하도록 지시를 내렸다.

짧게 대답을 하고 선정자 몇 명이 이오리와 엘피스자크가 향한 방향으로 달려갔다. 그들을 따라 해롤드 일행도 이동을 개시했다.

류자스만이 그 자리에 남겨졌다.

"젠장, 젠장, 젠장, 젠장……!"

아무도 없는 공간에서, 류자스가 몇 번이고 주먹으로 땅을 두들겼다.

"어느 놈이고……! 뭐가 영웅이냐!!"

그때, 해롤드가 한 말이 뇌리를 맴돌았다.

——영웅 아마츠가 아니라 네놈이 죽었으면 좋았을 것을.

그 머저리가, 류자스는 입술을 깨물며 그리 중얼거렸다.

“나는 잘못 없어……. 그때도, 그리고 지금부터도——.”
힘없는 류자스의 두 눈.
복수에 불타던 마법사의 눈동자는 이오리와 엘피스자크가 사라진 방향을 노려보고 있었다.
“그 머저리들로는 아마츠를 죽이지 못해.”
전성기의 자신도 죽일 수 없었던 괴물을 그런 녀석들이 죽일 수 있을 리가 없다.
“……그걸 사용할 수밖에 없겠군.”
류자스는 붕대가 칭칭 감긴 오른손으로 시선을 향했다.
그 아래에 있는 것이 꺼림칙하게 맥동했다.
“………….”
눈을 감고 류자스는 로브로 손을 뻗었다.
그곳에서 꺼낸 것은 작은 목걸이였다.
매직 아이템이 아닌 그냥 목걸이.
그것은 별다른 장식도 없는, 궁정마법사가 지닌 것치고는 무척이나 소박한 물건이었다.
“죽어야 하는 건, 내가 아냐. 그 물러터진, 쓰레기 녀석이야.”
목걸이를 움켜쥐고 류자스는 생각했다.
모두가 잊을지라도 자신만은 잊을 수 없다.
무슨 일이 있어도, 반드시.

“——33년 전의 복수는, 반드시……!!”

그것은 저주 같은 혼잣말이었다.

한담 『전직 마왕이 깨어난 날』

──어둠.

시야 전부를 어둠이 뒤덮고 있었다.

움직일 수도 없고 입을 열 수도, 소리를 들을 수도 없다.

아무것도 없는 어둠 속에서, 그저 홀로.

아무런 변화도 없는 세계에 혼자만이 남겨져 있다.

"────."

대체 언제까지 계속되는 것일까.

어째서 자신이 이런 꼴을 당해야만 하는 것일까.

나가고 싶어도 나갈 수 없다.

죽고 싶어도 죽을 수 없다.

──밉다.

자신이 이런 꼴을 당하게 만든 녀석이 밉다.

아무것도 보이지 않는 눈동자에는, 이 어둠에 봉인되기 직전의 광경이 새겨져 있다.

"────."

약속을 깨고 부하를 학살한 오르테기어.

너도 속은 거라며 비웃는 귀족 남자.

온화하게 희열이 담긴 웃음을 띠며 자신을 이 어둠에 봉인한 하프엘프 여자.

밉다.

그들 모두가 미워서 참을 수가 없다.

밉다, 밉다밉다밉다밉다밉다밉다밉다.

——어떤 방법을 써서라도 복수해주마.

그렇다, 복수의 불꽃을 마음속에 불태우며 30년이 경과했다.

하루만이라도 미쳐버릴 것 같은 세계에서 30년.

제정신을 유지할 수 있었던 것은 온몸을 불태우는 증오가 있기 때문일까. 아니면 사명감이 있기 때문일까.

혹은 자각이 없을 뿐, 이미 미쳐버린 것일지도 모른다.

"————."

희미하게 회복된 마력을 결계에 부딪친다.

그러나 반응은 없다. 몇 번을 부딪쳐도 결계는 미동도 하지 않는다.

효과는 있을 터. 아주 조금씩이지만 결계의 강도는 떨어지고 있다. 다만 부서지는 데에 시간이 걸릴 뿐이다. 부서질 때까지 수백 년은 족히 걸릴까.

그때까지 의식을 유지할 수 있다면, 말이지만. 차라리 식물처럼 아무것도 생각하지 않는 편이 편했을지도 모른다.

——그건 아니야, 라며 무른 생각을 부정한다.

자신에게는 해야만 하는 일이 있다.

이런 곳에서 포기할 수는 없는 것이다.

"————."

대체 언제까지 계속되는 것일까.

언제가 되면 자신은 이곳에서 나갈 수 있는 것인가.

그렇게 몇 만 번째는 될 의문을 떠올렸을 때였다.

——문득, 마력을 느꼈다.

누구의 것인지는 모른다.

어쩌면 자신이 내보낸 마력일지도 모른다.

그 직후, 빠직하는 소리가 나고.

——『전직 마왕』 엘피스자크 길데가르드를 뒤덮고 있던 결계가 부서졌다.

"——윽."

얼마 만에 마주한 빛이 눈을 지졌다.

오랜만에 듣는 소리가 고막을 흔들었다.

30년 만에 느끼는 바깥 공기가 엘피스자크의 뺨을 쓰다듬었다.

——정신이 드니 그녀는 결계 밖에 있었다.

"하."

두 팔 두 다리를 빼앗긴 엘피스자크에게는 머리 부분밖에 남지 않았다.

"하하."

둥둥, 엘피스자크의 머리가 공중에 떠 있었다.

"후하하하하하하핫!! 나왔다, 나왔어, 나왔다고!!"
머리만으로 엘피스자크는 크게 웃음을 터뜨렸다.
이것 봐라, 나왔잖아, 라며.
"오르테기어!! 당장 네놈한테 가서 복수해주마!! 하하하하하하하하하!! 후하하하커헉?! 쿨럭쿨럭!!"
기세 좋게 기침을 하고 엘피스자크는 정신을 차렸다.
"후우. ……음, 여긴 나락 미궁……인가?"
주위를 확인하고 자신이 있는 장소를 즉각 파악했다.
엘피스자크는 흙벽으로 뒤덮인 넓은 방 안에 있었다.
"……나 말고는 아무도 없는 것 같네."
누군가가 자신을 도와준 걸까, 한순간 그리 생각했지만 그렇지는 않은 모양이었다.
"……저건 던전 코어인가."
방 안쪽에서 무지갯빛으로 빛나는 구체를 발견했다.
저것은 던전 코어. 미궁을 운영하는 마력의 덩어리다.
아무래도 엘피스자크는 던전 코어와 같은 장소에 봉인되어 있었던 듯했다.
"흠. ……일단 몸을 만들자."
언제까지고 목만 떠 있을 수도 없었다.
엘피스자크는 마력으로 임시 몸을 생성했다.
분신체라 불리는, 의체 같은 것이었다. 강력한 힘을 지닌 『전직 마왕』이기에 가능한 기예.
"……흠."

목 아래쪽의 몸을 만들고 팔다리를 움직여 상태를 확인했다.

분신체는 오랜만에 만들어냈는데, 예상 외로 잘 완성되었다. 위화감은 없이 원래의 몸과 마찬가지로 움직일 수 있었다.

"엣취!! ……좀 춥네."

현재 엘피스자크는 전라였다. 미궁의 공기는 서늘하다 보니 조금 추웠다.

마력으로 검은 옷을 만들어내어 몸에 둘렀다. 이것으로 완벽하다.

"내 아름다운 몸을 잘라놓다니…… 그 하프엘프, 그냥 넘어가진 않겠어."

당연히 오르테기어도, 그 귀족 남자도.

"……내가 결계에서 나왔다는 소식은 오르테기어에게 금방 전달되겠지. 녀석들이 움직이기 전에 행동해야 돼."

자신 안에 있는 마력량은 전성기보다 크게 줄어들어버렸다.

팔다리가 없는 탓에 사용할 수 있는 것은 "마안"뿐이었다. 그 마안도 지금으로서는 대부분을 사용할 수 없는 상태였다.

잘려나간 팔다리는 다른 미궁에 봉인되어 있을 것이다.

"……더더욱 용서할 수 없겠군."

그건 그렇고, 지금부터 어떻게 할까.

팔짱을 끼고서 엘피스자크는 생각했다. 힘을 잃은 현재 상태에서 가능한 것은 많지 않았다.

"우선은……."

마안을 발동한 엘피스자크가 방 안으로 날카로운 시선을 향했다.

"다름 아닌 나를 숨어서 보다니 불경하구나. 나오도록 해라."

아무도 없는 공간을 향해 엘피스자크가 말했다.

『——흥, 알아차렸나.』

방 안에 낮은 목소리가 울려 퍼졌다.

그 직후, 방 중앙이 부풀어 오르고 거대한 용이 모습을 드러냈다.

"어스 드래곤인가. 네가 이번 대 『토 마장군』인가?"

『그렇다. 바로 내가 오르테기어 님으로부터 『나락 미궁』을 맡은 토 마장군——바르길드.』

나타난 토 마장군이 여유로운 태도로 엘피스자크를 내려다봤다.

그의 두 눈에 드리운 것은 적의였다.

『위대한 오르테기어 님께 저항한…… 어리석은 반역자여. 어떤 방법을 써서 결계를 깼지?』

"……모르겠군. 정신이 들었더니 밖에 있었어."

『그럴 리는 없다. 네놈 정도로는, 그 결계는 부술 수 없을 터.』

"——그런 건 이제 아무래도 상관없잖아? 내가 밖으로 나올 수 있었다는 사실은 어찌 되었든 변함이 없으니까 말이야."

그 사나운 미소에 토 마장군이 동요한 듯이 움직였다.

하지만 그것도 한순간이었다.

『오르테기어 님은 결코 너를 밖으로 내보내지 말라고 명령하셨다.』

"호오?"

『엘피스자크. 네놈을 이 미궁 밖으로 내보낼 수는 없다.』

토 마장군의 살의가 엘피스자크를 향했다. 그의 체구는 작은 산을 연상케 할 만큼 거대했다.

작은 엘피스자크 따윈 팔만으로 쉽게 으스러뜨릴 수 있겠지.

그만한 신장 차이가 있는 상대가 보내는 살의에,

"흥."

엘피스자크는 작게 코웃음을 칠 뿐이었다.

"그래서, 네놈이 날 죽이겠다고?"

『……그렇다, 반역자.』

토 마장군이 엘피스자크의 말을 긍정한 직후였다.

"——우쭐거리지 말라고, 드래곤."

한순간 방의 기온이 내려갔다.

얼어붙을 듯한 기백이 토 마장군에게 박혀들었다.

"나를 누구라고 생각하는 거냐. 웃기지 말라고, 마장군

주제에.”

『——윽.』

엘피스자크의 기백에 토 마장군이 뒷걸음질 쳤다.

힘을 잃고 목만 남았을지라도 엘피스자크는 『전직 마왕』이었다. 그 기백이 쇠하지는 않았다.

“지금 당장 물러난다면 보내주지. 하지만——나를 막으려든다면 용서치 않겠어.”

『……나는 오르테기어 님으로부터 미궁을 맡은 몸. 반역자 따위에게 굴복하진 않는다!!』

거구를 흔들고 작게 주눅 드는 소리를 흘리면서도 토 마장군은 물러나지 않았다.

“그런가. 그렇다면 없애주지.”

전직 마왕은 냉혹하게 죽음을 선고했다.

엘피스자크의 마안이 꺼림칙한 붉은 빛으로 물들었다.

그 두 눈에 있는 것은 『마왕안』——온몸에 마가 깃든, 엘피스자크만이 가진 특별한 마안이었다.

『……!』

그 빛에 토 마장군이 움직이려 하고,

“——『마안 회신폭』.”

그보다 먼저 홍련의 지옥이 태어났다.

마안이 일으킨 폭발이 순식간에 토 마장군을 집어삼켰다.

“나를 앞에 두고도 물러나지 않은 배짱만큼은 칭찬해

주지."

그녀는『전직 마왕』,

머리만 남아 힘의 대부분을 잃었을지라도 마왕으로 인정받았다는 사실은 변함이 없었다.

그렇다면 설령 토 마장군이 상대일지라도 엘피스자크를 막을 수는――――.

『……이 정도인가.』

없다……고 그녀는 생각했지만…….

"……어라?"

폭발에 말려들었을 터인 토 마장군은 거의 멀쩡했다. 바위 장갑이 살짝 그을렸을 뿐, 그 안쪽에는 폭발이 전혀 닿지 않았다.

여전히 유유하게 엘피스자크를 내려다보고 있었다.

"으―음……. 꽤나 힘을 실어서 쐈다고 생각했는데…… 상상했던 것 이상으로 출력이 떨어졌나."

30년 동안 어둠에 뒤덮여 있던 영향도 있을 것이다. 그런 감이나 탐지 능력이 둔해진 모양이었다. 원래의 위력이 있다면 토 마장군은 흔적도 없이 날아갔을 터.

"정말이지…… 곤란하네. 정말로 용서할 수가 없겠는데, 날 봉인한 녀석들은."

『…………..』

"뭐, 배도 고프니까 일단 뭔가 좀 먹을까. 음, 그게 좋겠네."

『…………..』

“이런 곳에는 변변한 것도 없어 보이니 밖으로 나갈까. 뭐, 너도 뭔가 먹도록 해.”

그럼 이만, 그러면서 손을 들고 엘피스자크는 그대로 방을 나가려 하고,

『——놔줄 거라고 생각하느냐?!』

토 마장군이 휘두른 주먹에 앞길이 막혔다.

“이 자식, 역시 안 통했나……!”

『당연하지, 반역자!! 전직 마왕이라고 그래서 경계했는데, 그건 뭐야? 벌레한테 물린 건가 싶었다고!』

격노하며 토 마장군이 연속해서 팔을 휘둘렀다.

실내를 도약하여 엘피스자크는 어떻게든 그것을 피했다.

『흥, 도망치는 솜씨만큼은 빠른 것 같구나. 날파리!』

“——『마안 회신폭』.”

『얄팍한 수를!!』

회피하며 연속해서 마안을 발사했지만 토 마장군에게 대미지는 없었다.

어스 드래곤의 장갑은 단단해서 어지간한 공격으로는 통할 것 같지 않았다.

“……으음.”

지금의 엘피스자크라도 토 마장군에게 대미지를 주는 것은 불가능하지 않았다. 전력으로 마안을 쏜다면 저 장갑이 있어도 날려버릴 수 있을 것이다.

하지만 그러려면 시간을 들여서 마안에 마력을 집중시킬 필요가 있다. 현재, 마력에 그런 여유는 없었다. 토 마장군의 공격을 피하는 것이 고작이었다.

그렇다면 엘피스자크가 취할 수단은 한정된다.

주위의 상황이나 토 마장군의 실력 등을 고려, 엘피스자크는 다음 수단을 결정했다.

"먹어랏……!"

위력을 떨어뜨리고 마안을 계속 연사했다.

『멍청하긴. 아무리 공격해봐야 그 정도로 나는 쓰러뜨리지 못한다!』

당연히 토 마장군에게는 대미지가 없었다. 고작해야 폭발로 시야가 나빠지는 정도이리라.

엘피스자크의 모습을 놓치고 그 거구의 움직임이 살짝 느려졌다.

엘피스자크에게는 그것으로 충분했다.

"……멍청한 건, 네놈이다."

만들어낸 시간을 이용하여 엘피스자크는 마안에 마력을 집중시켰다.

그리고 위력이 상승한 마안을 발사했다.

토 마장군이 아니라——그의 머리 위, 천장을 향해서.

『음?!』

나락 미궁은 지면이 물러서 자주 붕괴가 일어난다. 거기에 마안을 쏘면 당연히 붕괴가 일어난다.

박살난 천장이 바르길드에게 쏟아져 내렸다.
당연히 그 정도로는 대미지는 받지 않았다. 하지만 토 마장군의 움직임은 멈췄다.
"나를 벌레라고 모욕한 것, 지금 당장 후회하게 만들어 주지."
『——?!』
그 직후, 엘피스자크는 굉장한 속도로 달려 나갔다. 그 기세에서 무언가를 느끼고 토 마장군이 방어 태세를 취했다.
"사샤."
자세를 잡은 토 마장군과 달리 엘피스자크는 그 거구 옆을 지나갔다.
그리고 망설임 없이 던전 코어로 손을 뻗었다.
『뭐?!』
"후회하게 만들어주겠다고 그랬지?"
『안 돼——.』
툭, 하는 소리를 내며 던전 코어가 떨어져 나왔다. 그 순간, 코어를 잃은 미궁이 움직임을 멈췄다.
그리 머지않아 미궁 안에 있는 몬스터들은 약해져서 제대로 움직일 수 없게 되리라.
"나를 모욕하니까 이렇게 되는 거야. 던전 코어를 지켜내지 못했다는 사실이 알려진다면, 오르테기어는 네놈을 어떻게 생각할까?"

『이, 이 자식…….』

분노에 몸을 떠는 토 마장군을 향해 엘피스자크는 사나운 미소를 띠고,

"이걸로 끝이라고 생각하지 말라고. 나는 이미 다음 방안을 결정했어."

그리 선언했다.

"네놈은 나를 너무나도 모욕했어. 그리고 너의 약점을 간파했다고, 토 마장군."

『뭐……? 약점, 이라고?』

경계하는 토 마장군을 보고 엘피스자크가 더욱 깊은 웃음을 띠더니,

"……잘 있어라!"

빙글 등을 돌려 맹렬한 기세로 달려갔다.

그대로 토 마장군을 내버려두고 방에서 뛰쳐나갔다.

『뭣이…… 설마, 네놈, 도망치는 거냐──?!』

"네놈의 약점은 그 거구 때문에 세밀하게 움직이질 못한다는 거다!"

『윽, 기다려라, 반역자───!!』

등 뒤에서 들리는 토 마장군의 외침을 무시하고 엘피스자크는 달렸다.

"………."

일단 그 자리는 빠져나왔다. 하지만 어디까지나 임시방편이었다.

세밀하게 움직이지 못한다고는 해도, 미궁 안에서의 이동 속도는 토 마장군이 우세했다. 따라잡히는 것도 시간문제이리라.

"……어떻게 한다."

가벼운 태도를 취하면서도 엘피스자크는 내심 초조함을 느끼고 있었다.

던전 코어를 품속에 챙기며 어떻게 하면 여기서 탈출할 수 있을지를 생각했다.

"이런 곳에서 끝낼 수야 없지."

뒤쪽에서 땅울림이 다가오고 있었다.

다리에 힘을 실어 달리는 속도를 올렸다.

"——내게는 해야만 하는 일이 있으니까."

힘껏 주먹을 움켜쥐고, 엘피스자크는 그리 말했다.

그녀의 목소리는 누구의 귀에도 닿지 않았다.

——지금은, 아직.

이것은 『전직 마왕』이 『전직 영웅』과 만나기 몇 분 전의 이야기.

모든 것이 시작되기——바로 직전의 한 장면이었다.

재림용사의 복수담 3

2018년 11월 7일 1판 1쇄 인쇄
2018년 11월 14일 1판 1쇄 발행

저 자 우사키 우사기
일러스트 시라코미소
옮 긴 이 손종근
발 행 인 유재옥
본 부 장 조병권
담당편집자 정영길
편 집 김다솜 김민지 김혜주 이문영 이성호 정영길 조찬희
미 술 강혜린 박은정
라이츠담당 박선희 오유진
디 지 털 최민성 박지혜
발 행 처 ㈜소미미디어
제 작 처 코리아피앤피
등 록 제2015-000008호
주 소 서울시 마포구 토정로222, 403호(신수동, 한국출판콘텐츠센터)
판 매 ㈜소미미디어
마 케 팅 한민지 한주원
전 화 편집부 (070)4164-3962, 3963 기획실 (02)567-3388
판매 및 마케팅 (070)4165-6888, Fax (02)322-7665

ISBN 979-11-6190-051-3 04830
979-11-6190-424-5 (세트)